U0541720

人文诗散丛书

在大地的果盘里
——札记五味

林莽 ◎ 著

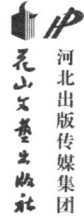

花山文艺出版社
河北出版传媒集团
河北·石家庄

图书在版编目（CIP）数据

在大地的果盘里：札记五味 / 林莽著. -- 石家庄：花山文艺出版社，2023.10
（"诗人散文"丛书 / 霍俊明，商震，郝建国主编）
ISBN 978-7-5511-6449-8

Ⅰ．①在… Ⅱ．①林… Ⅲ．①散文集－中国－当代 Ⅳ．①I267

中国国家版本馆CIP数据核字(2023)第017810号

丛 书 名： "诗人散文"丛书
主 　 编： 霍俊明　商　震　郝建国
书 　 名： **在大地的果盘里**——札记五味
     Zai Dadi de Guopan Li——Zhaji Wu Wei
著 　 者： 林　莽
责任编辑： 卢水淹
责任校对： 杨丽英
封面设计： 王爱芹
内文制作： 保定市万方数据处理有限公司
出版发行： 花山文艺出版社（邮政编码：050061）
     （河北省石家庄市友谊北大街330号）
销售热线： 0311-88643299 / 96 / 17
印 　 刷： 河北新华第一印刷有限责任公司
经 　 销： 新华书店
开 　 本： 880毫米×1230毫米　1 / 32
印 　 张： 10.125
字 　 数： 195千字
版 　 次： 2023年10月第1版
     2023年10月第1次印刷
书 　 号： ISBN 978-7-5511-6449-8
定 　 价： 66.00元

（版权所有　翻印必究·印装有误　负责调换）

前　　言

　　这本《在大地的果盘里》的散文集，收入了我的五种不同内容的札记：有在家附近郊野公园一年四季的感受；有童年时期对家乡的记忆与回顾；有青春年代插队在白洋淀，对那里自然风情的素描，以及在那里生活的往事记述；有对中国西部文化、历史和那片古老土地的体验与领悟；再有就是我在欧洲旅居的部分札记。所有这些文字都是与大地相关的，都是有感而发的真诚的记录。

　　我一直认为，人与自然、与土地的关系是十分重要的，没有和大地有过亲密接触的人，会缺少许多真切的生命体验。一位诗人，缺少了与土地、与大自然的接触，缺少了那些触及肌肤的风、霜、雨、雪，或许他的诗中就会少了某些神秘的力量。

　　如果从这种角度上说，我是幸运的。童年有过几年无忧无虑的乡村生活经历，青年时代最美好的年华是在华北水乡白洋淀度过的，后来又有了走遍中华大地和到一些国家游历的机缘。在大地上行走，是山川河流、人文历史照亮了我内心积蓄的期待与向往。

　　古希腊神话中的大地之子安泰,是海神波塞冬和大地母神盖亚的儿子。他是一位巨人,只要和土地相触,就能吸取无穷的力量。但他又是一个恶神,杀戮和吞噬了许多的生灵。大地就是这样,它既给予又索取,人类就是这样抗争着,繁衍和生活在这片广袤的大地上。

　　我的这些与大地相关的文字,也许还没有很好地写出我身心的感悟,但它们是真切的,是融入了我的生命体验的。它们是感恩的文字,我更希望它们也能成为对大地的奉献。

　　是的,因为整理、编写《在大地的果盘里》,再次体会到,这些年在大地上行走,进一步增加了我生命中的向往与爱,它们让我的人生更丰满,更充实。我们有幸来到这个蓝色的星球上,我们应该感谢它的馈赠与眷顾,应该珍视生活和生命,珍视我们获得的有限的机缘,并满怀虔诚地面对这一切。

林　莽
2022 年 7 月 16 日

目　录
CONTENTS

◎ 林中札记

有时在树木间也会传来柳莺短促的鸣
　　叫声　　　　　　　　　　　　/ 003
一树梨花像一颗柔美朦胧的果实，开在春
　　之大地的果盘里　　　　　　　/ 007
闭目，听树叶在风中流动的声音，有多种
　　鸟儿的鸣叫潜在其中　　　　　/ 010
红蓼、浮萍和金黄的萱草共同见证了暑热
　　中的这一幕　　　　　　　　　/ 013
疯长于荒野和路边的狗尾巴草秀出了长长
　　的芒穗　　　　　　　　　　　/ 017
植物各有特性，没有了颜色，就用气味
　　昭示自己　　　　　　　　　　/ 019

一片残月,像是用粉笔,被轻轻画在了
　　蓝天上　　　　　　　　／ 021
一座小小的道场,生活中某些人命运与
　　机缘的心灵祭坛　　　　／ 024
我期盼着深秋,它们的叶子会变得如果实
　　一样红　　　　　　　　／ 026
我们因为在社会中的渺小,也许有时也会
　　沦为蝼蚁　　　　　　　／ 028
远处传来一个人的歌声,隐隐的,调子有
　　些哀伤　　　　　　　　／ 030
雪后阳光明媚,光裸的枝干将蓝色的影子
　　投在雪地上　　　　　　／ 033

◎ 童年的故乡

汽笛的呼唤　　　　　　　　／ 039
老槐树开花的春天　　　　　／ 041
大地的礼品　　　　　　　　／ 044

它不是"小银"　　　　　　　／ 047

故乡的家　　　　　　　　　／ 050

乡间的庙会　　　　　　　　／ 052

湖上的灯火　　　　　　　　／ 055

故乡的水塘　　　　　　　　／ 058

祖屋复原图　　　　　　　　／ 062

◎ 水乡札记（风情篇）

初春　　　　　　　　　　　／ 069

秧田　　　　　　　　　　　／ 072

黑鱼　　　　　　　　　　　／ 075

五月　　　　　　　　　　　／ 078

入夏　　　　　　　　　　　／ 081

黄昏　　　　　　　　　　　／ 084

问秋　　　　　　　　　　　／ 087

收割　　　　　　　　　　　／ 090

冬日　　　　　　　　　　　／ 093

◎ 水乡札记（往事篇）

深情的怀念　　　　　　　　　／ 099
走入水乡　　　　　　　　　　／ 105
最初的劳作　　　　　　　　　／ 110
五月的鲜花　　　　　　　　　／ 115
在堤岸上　　　　　　　　　　／ 119
水乡绘画课　　　　　　　　　／ 123
知青小农场　　　　　　　　　／ 128
溶解的坚冰　　　　　　　　　／ 132
重回水乡　　　　　　　　　　／ 136

◎ 西行琐记

高原的阳光　　　　　　　　　／ 145
大昭寺广场　　　　　　　　　／ 148
怒江上游行　　　　　　　　　／ 151
从西宁到格尔木　　　　　　　／ 156
穿越柴达木和当金山　　　　　／ 160

心向阳关	/ 164
沙坡头，高庙幽思	/ 169
嘉峪关和魏晋墓	/ 175
从阳关到锁阳城	/ 178
肩水金关和额济纳胡杨林	/ 184
先秦故地和麦积山	/ 188
行走在最古老的土地上	/ 192

◎ 散点观花

一只靴子上的文明	/ 199
卡内河边的诗人之屋	/ 204
埃及桑小镇和水城科尔马的童话之美	/ 208
从卢瓦尔河谷到莫奈花园	/ 211
橙色小镇和天空之城	/ 215
从阿尔勒到圣雷米	/ 219
太阳下的牛郎泉镇	/ 225
马达加的蓝花树和龙达的斗牛场	/ 230
弗拉明戈的小剧场	/ 234

荒原风车镇和诺亚后裔之城　　／239
埃森的大储气罐展馆和黄铜
　"绊脚石"　　　　　　　　／247
荷兰的大风车及奶酪市场　　／251

◎ 法兰克福日记

法兰克福日记　　　　　　　／259
后记　　　　　　　　　　　／311

诗人散文
SHIREN SANWEN

林中札记

有时在树木间也会传来柳莺短促的鸣叫声

春节过后，天气开始变暖，正月十五过后的一天，开车到了离家最近的郊野公园，两排高高的大杨树夹着笔直的公园甬道，青灰色的枝干伸向雪后的晴空，所有的枝条都是弯曲着向上生长的，不再像深秋时向下低垂着，那种生发的姿态，让人感到了一丝春的气息。

道路尽头的松林下，还有一些残雪，坡地向阳处，小草已经开始返青。我情不自禁地走向一片树林，去秋的落叶在脚下发出簌簌的声响，土是松软的，只能踩着堆积的落叶走，否则刚刚融化的雪水会让你踩上一脚泥。我爬上一片缓坡，眼前出现了一片结了冰的湖，湖面还被白雪覆盖着，而湖的边缘，冰已经开始融化。几丛枯干的芦苇在风中轻轻地摇曳，湖不大，但因为它的存在，让这片冬日的树林有了令人期待的变化。园林中有了水，就会多了几分秀色。

这是一片很大的园子，杨树、柳树、洋槐、银杏、松树、柏树、桃树、樱桃树、紫叶李、迎春、连翘、忍冬、蔷薇等，许多的乔木和灌木，还有许多因为没有长叶子因而叫不上名字的树。瑞雪融化后的园子，空气清新、湿润，令人身心舒展，从那天起，这片树木为主体的郊野公园，就成了我和老伴经常散步的地方。

春雪在潮润的暖风中消融，林中空地的小草也开始绿了，向阳的坡地上的野花悄然开放，春天就要来了。

最先开花的是迎春，它从灰绿色的一团变得像成熟了的柠檬一样明亮，它照亮了还是一片灰褐色的、枯槁中的这北方的园林。接着开花的是连翘，它不是那种略感轻飘的，有点儿淡绿色的柠檬黄色，而是宁静的明黄色，阳光下的它们更为明媚。也许迎春和连翘并不是最先开花的植物，有些花因色泽暗淡，引不起人们的关注，比如高大的白杨树，它淡褐色的像毛毛虫一样的花落了一地，既无味道，也无鲜亮的色彩。只是当春雨落下，那些灰褐色的花堆在地上像泥泞，自然而然地人们会绕着它走，忽略了它也是来报春的。

当紫花地丁和二月兰开放的时候，春天开始繁盛了起来。大多的树木长出了嫩芽，柳枝随风拂动。山桃、早樱、玉兰、榆叶梅、垂丝海棠都展开了它们的娇艳。当丁香的幽香阵阵袭来，就到了二月、八月乱穿衣的时节。老人们还没有脱掉棉服，一些年轻人已经开始穿短袖衫了。

差异总是存在的，它存在于所有的事物中，也许这种变化和差异是世界变化与发展的动能。我的一首写春天的小诗是这样说的：

> 那伏在地上的是紫花地丁 / 粉紫色的一大片是二月兰 / 它们开在向阳的坡地上 / 多像一群朴实的乡下孩子 // 玉兰在风中摇曳 / 把影子掷在淙淙的溪水上 / 阳光中的迎春灿烂明媚 / 簇拥着它们高贵的玉兰皇后 // 春天春天又一次到来 / 带着雨意 花香和泥土味的风 / 山桃 悬丝海棠和丁香没有变 // 对于那些挨过了命运危难的人 / 对生命的所知 确已迥然不同
>
> ——《差异》2020 年 3 月 29 日

在还有些寒冷的季节，贴着地表开花的小小的植物，不是开黄花就是开紫花，我想，这两种颜色也许是这世上最耐寒的颜色了。春天它们最早出现，深秋它们又是最晚离去，它们迎来了春天，又守候着暮秋。

在阳光明媚的春天，麻雀、白头翁、斑鸠、灰喜鹊、大喜鹊在枝头飞去飞回，偶尔还会有一两只戴胜鸟在草地上散步。白头翁的叫声最悦耳，有时在柳树间也会传来柳莺短促的鸣叫声。这些都是北方最常见的禽鸟了。

我想起在水乡白洋淀那些年，春节刚过就开始盼望春天了。大淀的冰层消融后，开阔的水面上是一片水汽弥漫的淡灰色，突然某一天的清晨，芦苇长出了一片紫色的嫩芽，犹如一抹霞光，大地回暖，阳光也开始明媚起来。水中的芦苇、浮萍的嫩芽都是暗紫色的，随着天气的变暖，才会一天天变成晶莹的翠绿色。

在这个疫情肆虐的春天,许多人仍在病痛中挣扎,我们像植物一样在乍暖还寒的季节里倾听着内心的声音,带着衷心的希望和祝福。

春天,身边有一片青翠的园子,它欣欣向荣的气象,让我们看到了生命成长的力量和大自然给予的关爱与希望。

一树梨花像一颗柔美朦胧的果实，
开在春之大地的果盘里

在离我家不远的地方有一座京城梨园，进大门处有十几棵老梨树，四月梨花开放，一片银白，蜜蜂嗡嗡，空气中仿佛飘着蜜的芳香。

梨花的白中带着似有若无的绿色，那样干净，那样清爽。桃花也是美丽的，但有些粉气，像化了妆的人，没有梨花来得自然而纯粹。

我有一首写梨花的诗：

在我们千年的诗歌典籍里／梨花在叹息中明媚地闪烁／／它是寒雪／潮湿的　阴雨缠绵的泪痕／它是飘零／月色破碎在清澈的溪水上／它是冷艳／相思的寂寥　怀想的悲苦／／……春天的阳光下／你明艳得如一团白色的火焰／蜂群围绕你跳起了欢快的舞蹈／／月光下　一树梨花像一颗柔美朦胧的果实／在春之大地的果盘里柔柔地发着光／我梦见八月的

满月照着中秋收获日的金黄

——《写给一株开满花的梨树》(节选)

植物学中说，果树的树冠同它的果实的形状是相似的，它的根系的形态又同树冠相同。那些春天繁花盛开的梨树，月光下远远望去，真像春之大地果盘里散发着柔光的晶莹而雪白的梨。

这是写于京郊平谷"梨树沟"组诗中的一首，2019年的春天，我们避开了喧闹的人声鼎沸的景区，选择了深入春日的山谷——梨树沟。

此时的京城，盛花期已近尾声，而梨树沟小气候的花期，比平原上要晚一旬左右，当城市的繁花凋谢，四处飘起颓败的花香，这里的山桃、杏花却开得正艳。而梨花更是花蕾初绽，有如少女含羞的微笑，娇艳的花蕊仿佛能滴出清晨的露水。这些美丽的花朵，让我们再一次与早春相逢。

正如诗中所写的，梨花的文化气息早已在中国文人中代代相传，它无限地延伸着，我们也会将新的体验传给后来的人们。

记起那年在四川，我们穿过一大片洁白的开花的梨园，来到一座小小的山丘下，两排老梨树夹着一条缓坡而上的土红色的小路，路上撒满了梨花的花瓣，最高处是一座小小的庙宇。没有记住那是一个什么节日，一群欢快的孩子踏着满地的花瓣从我们身边跑过。庙里的梨树更高大，洁白的繁花开满了枝头。红墙、黑瓦，如雪般飘落的梨花，一片悦耳的童音，恍惚中，仿佛误入了月光下的仙境，它深深地印入了我的心中。

美好有时也是脆弱的，第二年汶川大地震的噩耗传来，我突然想起去年在一片梨花中的孩子和那些看着孩子们玩耍的、笑逐颜开的慈祥的老人们，他们都在哪儿啊，他们还好吗？我流着泪水写了那首《我想起那片梨花》的诗：

> 那片开在川北的梨花／在山坡上／在阳光下／那片开得洁白　开得纯美的梨花／让我悄悄地与你们说话／／那些落满山坡的花瓣啊／曾是那样的寂静／犹如月光一般的寂静／而今　天地灰暗／暴雨肆虐／一场空前的劫难／将那么美好的山川毁于一旦／／那些寂静的梨花呢／你让我想起／那些美丽的女子和欢快的娃娃／那些寂静的梨花呢／你让我想起／那些微笑的面孔和慈祥的白发／如今他们都在哪儿啊／／在川北的大地上／那些飘逝的灵魂／在我的心头洁白地飘落／化作了寂静的花瓣／铺满在血色的大地上

这首写梨花的诗后来作为抗震优秀作品，刻在了什邡的纪念墙上。那片小山坡上的老梨树，那些如雪一般铺在大地上的花瓣，那些孩子，那些白发苍苍的微笑的面孔，永恒地印在了我的心里。

闭目，听树叶在风中流动的声音，有多种鸟儿的鸣叫潜在其中

北京城市里经常能见到的鸟不多，前几年在我家窗前的树丛中，只有麻雀和大喜鹊。

麻雀的土褐色的羽毛，雌雄没有什么差别，因为20世纪50年代的除"四害"，中国本土的麻雀基本绝迹，引发大面积的虫灾，据说后来引进俄罗斯的品种，逐渐繁盛起来。不知这种说法是否可靠。我想，这种繁殖很快的品种，哪里少了，都会有其他地方的种群很快地补充进来。在中国广大农村生活过的孩子，小时候都会有掏麻雀窝和扫开雪地，撒上小米，用筛子扣麻雀的记忆。麻雀是与人们的生活最接近的鸟，它不珍贵，但很亲切，它们是人类不离不弃的邻居。

大喜鹊多是有原因的，中国传统中说这种鸟是来报喜的，因此它在哪儿出现，人们都不会伤害它，故而它的种群也就有了延续的优势。远远看去，它们的翎羽黑白相间，色彩分明，阳光下的黑色中还会闪着钢蓝色的光，的确有着它不同寻常的魅力，中国画中经常会有它们的出现。但它的叫声并不好听，

也常常会看到它们不知为什么相互厮打的情景，它们应该是一种好斗的鸟。

北京还有一种鸟，以前住在城里是常见的，现在住在五环外反而看不见了，那就是乌鸦。那时我家住在阜成门的白塔寺附近，每到黄昏，成群的乌鸦从西边的天空向城区飞来，城里的庙宇、皇宫就是它们夜晚的栖息地，清晨它们又成群结队地飞向郊外觅食了。这个在中国古典神话中的三足金乌，西王母的使者，早晨从东方扶桑神树上升起，傍晚栖落在西方若木神树上。不知从哪一天，不知为什么，它们在中国民间却失宠了，同喜鹊的待遇正相反，听到它的叫声，人们会认为晦气要降临了。

近些年，北京的鸟开始多了起来。在留鸟中又多了白头翁、灰喜鹊、斑鸠和戴胜鸟。春天的清晨，窗外鸟雀的叫声，的确能把人们惯常的美梦吵醒。有时在春暖花开的树林中，你闭上眼睛，听树叶在风中流动的水声，哗哗地，一阵大一阵小，像溪水，像山泉，像瀑布。那之间会有多种鸟儿的鸣叫潜在其中，那么自然而丰富，那是真正的大自然的乐音。

我在一首《倾听早春》的诗中写道：

> 那拖长声音的是灰喜鹊 / 那婉转明丽的是暗绿色的白头翁 / 尖细短促的是麻雀 / 那大声聒噪的不是乌鸦 / 是闪动钢蓝色翅羽的大喜鹊 / 斑鸠不叫它站在 / 还未返青的树枝上梳理羽毛 / 那只有冠羽

的鸟为什么在枯草上散步//读累了手机微信/不想看千篇一律的电视新闻/我仰身阳台的帆布椅上/忘掉谎言　愤懑和悲情/静静地倾听群鸟啼叫的早春

那叫声令人沉入寂静,令人心无旁骛。一次我和老伴儿走在春末的林子里,四周一个人都没有。突然旁边高高的树上传来一只布谷鸟的叫声,不远处又传来了另一只鸟儿的呼应,高一声,低一声,让人心生幻想,让人心旷神怡。我们也自然地跟着它们的声音叫起来。布谷、布谷、布谷布谷……

那是春夏相交的时候,万物欣欣向荣,充满了生机。成片的园子里几乎看不到其他的人,我们同鸟儿一同呼应着,仿佛回到了少年。

红蓼、浮萍和金黄的萱草共同见证了暑热中的这一幕

这是一片林中的积水湖,芦苇、菖蒲、红蓼、浮萍和荷花随意地生长。粉色的莲花开得恣意放纵,随风摇曳。而白色的荷花隐在芦苇丛中,它的花瓣矜持地抱在一起,衬着墨绿的水面,相比之下,显得清高而淡雅。即使那些绽开的花瓣,也有一种欲纵还收的感觉,那种敛情的韵味令人回味。

我们坐在离湖水不远的林荫下,阵阵的凉风从水面上吹过来,龙井的茶香伴着我们随心所欲的闲谈,午后的阳光在树荫中缓缓地移动。我想起了少年时故乡祖居边的那片湖,它在阳光下也是这样闪烁着,我眯起眼睛,恍惚中一切都变得遥远了,透过树干的缝隙,在水色天光中,我仿佛走进了岁月的幽谷。

突然,有水鸟的厉声鸣叫,原来是两只发情的小鹩鹠?在相互追逐着,不一会儿,雌鸟卧在了一张浮在水面的荷叶上,翘起尾翼,期待着雄鸟的亲近,它们在那张绿色水床上很快地完成了交配。而后,让我想不到的一幕出现了,我看见两只小鸟在荷叶上面对面地站立着,深情地接吻。水波在轻轻地荡

漾,多么像一曲舒缓的华尔兹。它们完成了爱的仪式后,又双双地游走了。

我用手机拍下了这组珍贵的求偶图。

白莲在静静地开着,菖蒲将宽宽的叶子垂向了静寂后的水面,它们同红蓼、浮萍和金黄的萱草花共同见证了暑热中的这一幕。

后来,我将九张图片发在微信上,引起了许多朋友的关注。那真是神奇的一幕,那种叫声,那种漂浮的水床……像一个微小的纪录片,记下了两只小小鸟儿的情与爱。

那是初夏,充满了生机的初夏,阳光、坡地、松林、灰喜鹊,它们为我带来了另一首小诗:

  初夏的树林里/二月兰和紫色鸢尾还零星地开着/甬路边的白色野蔷薇开得正艳/林间空地里那一片片的/明黄色的小草花星光闪动//北方初夏的风是清爽的/树林里格外地寂静/偶尔传来布谷鸟圆润的叫声/那声音远一声近一声/让我记起了少年时/那片空蒙而寂寥的湖水//走过布满松荫的坡地/一群灰喜鹊突然在眼前飞起/飞过低矮的灌木丛/落在了不远处的洋槐林里//湖中倒影将天空和树木倒置/一朵云缓缓飘过/我坐在水边空地的椅子上/瞬间陷入了阳光的空谷

——《初夏》

鸢尾花开的时候，洋槐也开始吐出芬芳，随着风一阵阵飘来的是那种有着茉莉花茶般的香气，似乎还有一丝淡淡的青涩，不，应该是一种内敛的幽香，它清纯，淡然，不事张扬。而这时属于盛春的花都已经凋谢了，还有很少的连翘、晚樱、榆叶梅掩映在鲜嫩的绿色中。地表上的二月兰还有，但色彩不再鲜亮，假还阳参明黄的小花渐渐占据了大面积的林间空地，黄色的小花一片一片地开着，还有更小的开小白花的夏至草、蒲公英、生地黄肥肥的带绒毛的喇叭花等也在无声无息地生长。

紫玉簪和玉春棒的叶子长得比手掌还要大了，它们在阳光下发着光。洋槐树边，那和丁香枝干相似的是金银忍冬，开一簇簇比丁香大一点儿的白色小花，它们会渐渐地变成金黄色，然后坠落。到了秋天它会结出一颗颗的黄豆般大小的红色小浆果，即使叶子落了，它们也不落。初雪落下时，那些小小的浆果就变得晶亮而透明了。长得半人高的灌木也都开始开花了，开黄色小绒球球的是棣棠花，一串串如小铃铛的是锦带花，花有紫红色的，也有淡粉色的，它们的花期很长。还有单瓣的开白花和黄花的野蔷薇，开一团团白色小花的红瑞山茱萸，冬天它的茎是深紫红色，与棣棠茎的翠绿在一片枯槁中是那么惹眼，它们之间也形成了紫红与淡绿的鲜明对比。

马莲草开着淡紫色的瘦瘦的花，像是缩小版的紫色鸢尾。而有一种开白色花的香根鸢尾是少见的品种，它的花开得比紫色更高贵。叶子也更宽厚，更挺直，长得更高，它的花朵白得那么高雅，花朵的边缘上有淡紫色的装饰条纹，在一片姹紫嫣红中，它的纯洁的白色是那么引人注目。

那些富丽的牡丹和芍药也在开了。这暮春初夏的花，比早春的花有着更动人的美色与底蕴。

疯长于荒野和路边的狗尾巴草
秀出了长长的芒穗

用一束狗尾巴草献给自己心仪的女孩,他没有被女孩理解。后来,男孩子伤心地告诉她,狗尾巴草预示着不了解的爱,预示着这种爱只有默默地奉献。这故事的主角如果是你,你会回心转意吗?

八月疯长于荒野和路边的狗尾巴草秀出了长长的芒穗,这种禾本科的稗子草,是到处可见的卑微的野草,有着惊人的生命力,虽然卑微,可人们还是赋予了它某种神秘的力量。民间流传着,它曾是仙女的爱犬,为保护主人的爱情而死后化作了一株草。传说中,也有用三支草穗做成戒指,表示私订终身的说法。我以为大自然中万物都有生之自由,与之相似的谷物,用沉甸甸的谷粒养活了人类。而稗草四处疯长,世代相传的乡间郎中都知道这种草也被称为"阿罗汉草",它清热利尿,能治眼疾。而人类在平庸的、为了温饱的生活中,的确不再具有明澈的眼神,因而时常将一些略显卑微的事物不放在眼里,甚至看得一钱不值。

八月，积水湖中的芦苇已经长得很高了，不再那样齐刷刷地向上，开始有些零落和杂乱，有的已经秀出了褐红色的苇樱，同那些狗尾巴草一样，还是稚嫩的，还没有绽放出长有毛翼的种子。暑热未消，还远不到芦花飘飞的时节。

我想起了少年时与小伙伴们在田野里抓蚂蚱的情节，每人揪一根狗尾巴草，将蚂蚱串成一串，那就是我们的胜利果实。回到家，用灶膛的余火烤出香味来，便成了我们自己获取的美食，也许乡间孩子的聪慧，大脑补充的蛋白质，就来自大地上各种各样的野果与昆虫。

狗尾巴草，为乡间孩子们带来了福音，他们的聪慧有着狗尾巴草的贡献，那时他们是稚嫩的，还不知道什么是爱，也不会用它编成草戒指。但卑微也许令许多人励志，许多在平凡中渐渐成长的人，更知道积累和一步一个脚印前行的价值与意义。

植物各有特性，没有了颜色，就用气味昭示自己

八月中旬的京城依旧暑热难耐，一场夜雨后，早晨的风有了些凉意，但潮湿令不通风的地方开始发霉。北方没有梅雨，但也有三伏的煎熬。

树木的枝叶吸足了水分，沉沉地垂了下来。有时它们与风雨纠缠了一夜，有些疲倦了，不像春天那样，所有的枝叶都是向上的，充满了生机。树木叶子的颜色也由青翠变成了苍郁沉着的墨绿色，风摇撼它们也不再有那种轻盈的欢快之感，这一切似乎都在告诉我们，秋天就要来了。

牵牛开得很艳，它依靠着其他植物，渐渐地攀高，并用艳丽的花炫耀自己。我看见，一种叶子同牵牛一样的爬蔓藤状植物——萝藦也开花了，白色的五瓣小花，六七朵一簇，有一种浓郁的香味，像某些幽香的花即将开败时的那种颓败的香气。植物各有特性，没有了颜色，它们就用气味昭示自己。

那是一株桔梗花，幽蓝的花色，银色的花蕊，像一枚小小的灵魂的号角，在立秋日的坡地上熠熠生辉。也许是因为那些

日光菊，那有些开败了的金黄色日光菊，它们已经开了整整一个夏季。因为雨水，因为长疯了的细细的茎秆，它们向甬路上匍匐下来，让那些小路变得更窄了。在它们的映衬下，那几朵幽蓝的桔梗花更为光彩照人。

一只泰迪犬从土坡上跑下来，也被那几株美丽的花吸引住了，它的主人骑着一辆红色的电瓶车走远了，那只小小的棕色泰迪才一溜烟地跟了上去。

海棠果开始有些发白了，比它的叶子亮了许多，它一定还是生涩的。而那些比它开花早些的毛桃，已经落在地上变黑了，萎缩得像一些羊粪球。还有山楂果，也在它绿色的叶丛中显露了出来。

几只白蝴蝶飞过来，围着那几株桔梗花翩翩而舞。它亮丽的蓝色吸引了我们，同时也引来了爱美的粉蝶。

曹雪芹说：任是无情也动人。是啊，花也同人一样，各有各的美好，各有各的令人动心之处。

我想起少年时的暑假，除了游泳，有时我们也会到西山的香山或碧云寺，男孩子对花没有一点儿感觉，反而是对野酸枣，山里的蟋蟀，翠绿色的大螳螂等更感兴趣。碧云寺的水泉院总是清凉的，卧佛寺樱桃沟的泉水清爽地流过沟中的散落的大块的山石，香山的山风搅动松涛，有时我们也会坐在白皮松下，背上几句唐诗。而蝉声是最为巨大的，它们此起彼伏的鸣叫覆盖着整个夏日的山林。

一片残月,像是用粉笔,被轻轻画在了蓝天上

　　立秋过后,天气并没有明显地凉爽下来。现在的天气也不同于过去了,记得我少年时的北京,冬天真的是滴水成冰,八月下几场透雨,天气马上就凉了。而现在的冬天不再那么冷,夏天热的时间也延长了,即使入了秋,天依旧很热。

　　立秋后,白玉簪花开了,在晨光之下,在一片发亮的绿色阔叶丛中,它有着纯净的洁白之美。有一丝似有若无的茉莉花般的幽香,在清晨的空气中飘浮。那带着露珠的白色花蕾,的确有着白玉般诱人的色泽。

　　北京人都叫它"玉春棒",也许是从花蕾的形状来命名的。在那些老北京的四合院里,它们一般都被种在院子南墙的背阴处,或是丁香、海棠树的下边。玉簪花开时,期待中的秋天就要来了,它们同初秋的微风一样,为人们送来了心灵中渴求已久的快意。

　　它们是老北京四合院里的花,像那些有良好教养的,出身于书香门第的女子一样,有着高雅而内敛的美。

与它同宗的紫玉簪是随着暑热盛开的,它已经开了有一个月了,如同那些开淡绿色小花的国槐,我们注意到它时,那些小靴子样的花瓣已经开始败落了,远远看过去,如同落了一层淡绿色的雪。是的"洋槐花落了　笨槐花落",秋蝉的叫声也更为盛大了。

昨夜落过雨,清晨,晴空明澈,一片残月,浅浅的,像是用粉笔,轻轻地画在了蓝天上。

  洋槐花落了　笨槐花落/春末很快就到了酷暑/布谷叫过后蝉鸣一天胜过一天/也许是缺雨　也许是虫害/有些叶子开始变黄/一场小雨　枯叶落了一地/那位每天坐在林荫里的老人呢/已经有几天没见了//电话里她说:"一郎的纪念集出来了/里面也收了您的诗"/细想　那已是前年融雪时的事了/电话里我不敢多问　怕她泪水决堤/怕她内心的苦化为隐忍的抽泣//一个多么优秀的诗人啊/那么快就走了/是啊　林木森森　众生云云/不只是秋天才落叶子

  ——《不只是秋天才落叶子》

在林中散步时,接到了江一郎夫人的电话,说纪念集出来了,要给我寄书。我不敢多问,心中的苦,有时是不能碰触的。回到家里,便写了这首既是纪念也是缅怀的短诗。

注:江一郎,浙江温岭著名诗人,获得过首届"华文青年诗人奖"。2019年春因病辞世。

一座小小的道场，生活中某些人命运与机缘的心灵祭坛

　　早晨，公园门口的保安在用手钻，为一种圆圆的小果核打孔。果核为淡淡的褐黄色，有些像缩小了很多倍的圆形桃核。细问才知道是榆叶梅的果核。那种春天不长叶子就开得满枝艳粉色繁花的矮树，花谢了就长出榆树样的叶子，它的果实藏在绿色的叶丛中，不仔细看就不会发现它们。也许因为果子苦涩得不能食用，于是人们就忽略了它。

　　这花我上小学就认识，那时的北京城花的种类不多，每年学校组织春游，那时既没有樱花，也很少见到玉兰，而看到最多的花就是榆叶梅了，但不知道它们还结果子，更不知道人们会将它的果核做成手串或佛珠。人们把一些看似无用的赋予了精神的寄托，也许因而它们呈现出了更美的一面。

　　秋天的榆叶梅因为植株矮小，融进了一片树木的苍绿中，同它的果实一样，也被人们有意无意地遗忘了。

　　还有一些草本植物，也是很独特的，如草丛中那两株曼陀罗，刚刚绽出洁白的花蕾。这种源自印度的一年生的草本植

物,被华佗在手术中用于麻醉,被江湖中的盗寇们制成"蒙汗药"。《水浒传》中智取生辰纲的吴用,在酒中用的就是"曼陀罗",害得好汉杨志,只能流落街头卖祖传的宝刀,后怒杀牛二,走投无路,被逼得上了梁山。

我记得它的果实,有核桃般大小,是长了许多尖刺的淡绿色果皮的果子。成熟后就变成了土黄色,刺很硬,有的果壳会自己裂开,露出里面几排不规则的豆粒般大小的种子。

它们长在荒地和水渠的边缘上,随处可见。它开白色或淡黄色的喇叭花,有的地方叫它山茄子、醉心花或狗核桃。它属于茄科,叶子的确像茄子,但它有一个神秘的名字"曼陀罗",它来自梵文与佛教的典籍。

它会让人的神经麻醉,它饱满的籽粒一排排地坐在果壳中,像是一座小小的道场,生活中某些人命运与机缘的心灵祭坛。它们也隐秘地存在于号称为成人童话的——中国武侠小说里,也在中医层层叠叠的草药柜里。

我期盼着深秋，它们的叶子会变得如果实一样红

黄色重瓣棣棠花春天开过，秋凉了又开了第二茬。这种一米左右高的灌木有一种天然的亲切感，她金黄色的花朵是个枣子大的圆圆的小花球，它卵状的叶子和茎秆都是翠绿的，风一吹，有小锯齿的叶子就翻开了背后毛茸茸的淡绿色，让人不由得想去摸一摸。

秋凉因连续的雨水而至，蝉已经很少叫了。我在树林中散步，发现了几种小小的野浆果。

一种像草莓的红色果子，比草莓略小，红红的、圆圆的，长在比人略高的树冠上。第一次见到，因为叫不上名字，就用"花帮主识花"查了一下，它有一个很好玩的名字："四照花"。图片上，白色的花朵成片地覆盖着树冠，那应该是初夏时节，每朵花都有着白色的桃花花瓣一样的四片，也许这就是它叫"四照花"的原因吧。如果到了深秋，不知道它们的叶子，会不会变得如果实一样红。

另一种掌形的叶子，开白花的灌木也结了果子，它的花和

叶子都有些像山楂树，但它的花比山楂花排列更有序，十二朵围成一圈，中间是一团淡绿的小花组成的雄蕊和雌蕊，整体看上去像一把漂亮的伞。但果子可比山楂小多了，一簇簇的，每个仅比黄豆大些，红得很诱人，但不能食用。这种植物的花出现在许多古诗词中，江南的烟花三月，是它花开的时节。被写成"二月轻冰八月霜"的它，有一个美丽的名字"天目琼花"。十二朵小花围成一把小伞，又像一个小小的花环。无论是中国的"十二生肖"还是西方的"十二星座"，十二，总之是一个美好而神秘的数字，有着不可抗拒的潜在的众多寓意。它生长的天目山，是护法天神韦陀菩萨的道场。我们不知道一朵小小的花中，到底还有多少潜在的魅力。它曾寂静地开着，宋诗云："团簇毓英玉碎圆，露稀软暖欲生烟"一圈白色的花朵围绕着珠玉般的花蕊，在中国的文化中，它有着神赐与天成的美誉。

还有一种叫紫珠的灌木，也已经结了许多紫色的小果子。它们在天光下发着晶莹的光，和它们春天盛开的紫色花朵一样美。据说这种比血液更明亮的紫色果子，有很好的止血作用，中医总是会在形与色中发现某些大自然的秘密，这种的联想，让许多种植物成了医治病症的药。

日本《源氏物语》中把紫珠比喻成美丽优雅的女性，拉丁文中直接称其为"聪明"的"美丽的果实"。

大自然是神奇的，它给予了我们那么多的美好的馈赠，而我们很多时候却忽略了它们。

我们因为在社会中的渺小，
也许有时也会沦为蝼蚁

一些小型的果子和花，常常被人们忽略。它们不像那些牡丹、芍药或菊花，因为大，因为触目的艳丽而被人们所熟知，或许就是因为它们的小。我想起来一位诗人写的一首诗《蚂蚁》，因为小而带来的悲剧：

如果把那只蚂蚁放大 / 像只鸟儿一样大小 / 我们就不会那样掐死它 / 轻易地，毫无罪恶感地 / 因为痛苦的表情，能看清了 / 扭曲的身体，能看清了 / 乞求的或愤怒的眼睛，能看清了 / 甚至能听到呼号的声音 / 但现在不是，蚂蚁太小太小 / 小得像装不下痛苦 / 小得像没有装上一个真正的生命

——诗人羽微微作品《蚂蚁》

是啊，你看一些小小的昆虫，一棵小小的草，很容易被人们毫无知觉地踩在脚下。我们因为在社会中的渺小，也许有时

也会沦为蝼蚁。

可是，也有些小的东西是"庞大"的。如我们看不见的病菌、电子、光、射线……还有非洲的食人蚁，它们是那样强大，令我们敬畏。

我这里想说的是另一种小。

矮株的灌木紫穗槐，把像谷穗的种子秀出叶丛，它在渐渐地变紫。许多只蜗牛从被秋雨润湿的枝干爬上了树梢，有些像我们攀上了万丈高楼，细看每一株细枝上都会有一只小小的蜗牛。紫叶槐旁边有那么多植物和树，蜗牛为什么单单看上了紫穗槐，这真是一个需要专家解开的谜。

不知你是不是很近距离地观察过珍珠梅，长不高的灌木，有锯齿的很小的，有些像蕨类植物的小叶子，簇拥着它白色的花，一团团的如同小小的珍珠，晶莹地闪着微光，小小的花蕊，小小的花瓣，那么精致，那么细微。它们如同那些在社会生活中最最普通的人，他们不被人注意，但他们认真地生活着，他们的灵魂同这些小小的白花一样，也是洁净而美丽的。

远处传来一个人的歌声，隐隐的，调子有些哀伤

这几天一直刮风，北方的冷主要与风相关。没风的日子，阳光下的树林里暖暖的，树干淡紫色的影子投在落满了枯叶和细枝的空地上。从成片的树林间走过，脚下会发出"嚓嚓、嚓嚓"的响声，松软而有弹性的地面，仿佛在和你的身心交谈，那么亲切、平和，如同一个历经了风雨的老人。落了叶的树林一片枯槁，因为天气的寒冷，很少有人再从这些林木间穿过。如果你有了闲暇的时间，真应该到落叶后的林中走走，除了树木，几乎看不到其他的人，那种寂静中与大地的独自相会，会有一种独特的体验和感受。

今天是腊月初八，我独自一人路过这里，突然想看看这片来过很多次的林子。那么大的一个园子，几乎没有其他的人。阳光很好，不戴帽子和手套还是有些冷。灰喜鹊的叫声在冰凉的空气中传得更远、更清晰了。我走下甬道，走进林间空地，独享这一片树木，一地落叶，一种冬日的寂静。

一片冬日的褐色中还有少许的绿色，松树和柏树的苍绿，

冬青在枯黄的草丛中顽强地绿着，地柏匍匐在路边，绿色中挂着一层淡淡的白霜，迎春的枝条缠在一起，是灰绿的一团。那两排毛白杨，高高地将枝干伸向晴空，那么挺拔、那么高大，充满了生机。如果你细看，它们的枝干也是绿的，是那种灰中透白，白中又透出很有生机的淡淡的绿色。它们所有的细枝都是上扬的，顶着毛茸茸的、浅褐色的、小小的苞芽。而真正的绿色还藏在大地和树木的深处，它们在期待着春天的到来。

昨天那场小雪已经融化了，只有湖面上的雪，在阳光下闪着一片耀眼的白色，背阴处尚有很少的残雪，枯干的草秆零星地从雪中伸出来，细看也能发现它们小小的影子。

远处传来一个人的歌声，隐隐的，调子有些哀伤。在一个空旷的园子里，像那些遗存的残雪一样，有些不真实。那是一首名为《斯卡布罗集市》的英国歌曲，是一个战争中年轻的亡魂，希望有人能将他的祝愿，带给小镇上自己心爱的姑娘的歌曲。那种飘零，那种怀想，那种美好的回顾，那种无处附着的哀伤，让人无不动容。我有一首名为《夏末十四行·积雪》的诗，就是源于这首歌曲的触动而写成的：

> 山冈上的积雪还不曾消融／这里的鲜花开了又谢　谢了又开／欧芹　鼠尾草　迷迭香／一件白色的亚麻衫在风中飞扬／／那盘桓于古战场上年轻的灵魂／谁能为你带去斯卡布罗集市的慰问／在鲜花簇拥　青草葳蕤的地方／一位忧伤的姑娘对着大海歌

唱//这首古老的苏格兰歌曲令人陶醉/它让我仿佛坠入了心灵空荡的山谷/迷失的岁月　如往复涌动的海浪//生命逝去　灵魂升起在天上/那座我不曾到过的有集市的异国小镇/那首源自灵魂的歌曲令人无限的哀伤

如果你穿过一片寂静中的树林，心中也有一首难以忘怀的老歌，它让你回到了生命的过往，甚至让你淌出了泪水，你还会忘记那片寂静的树木吗？

雪后阳光明媚，光裸的枝干将蓝色的影子投在雪地上

  这是春节后的第一场雪，它们悠悠的大片大片地飘落，有些像江南的雪，松软、潮润，不再是凛冽寒冬那种沙粒一样冻成冰碴儿的坚实的雪，这就是瑞雪兆丰年的瑞雪吧！

  雪后的北风吹散了浮云，阳光下的天空一片湛蓝。高大的杨树擎着银色的枝杈，在风中轻轻地摇曳。偶有一架飞机划过，小小的机身闪着银光，当它在远方消失后，那天蓝得更是一丝杂色都没有，蓝得透彻，蓝得耀眼，让每一颗向往春天的心都想飞，都想融入阳光下的万物中。

  雪中的树林有别样的美，苍绿的松枝上还顶着雪，光裸的枝干将蓝色的影子投在雪地上，透过褐色的层层枝干，远处的树丛灰绿、棕褐相间，成为雪中树林的一种背景。偶有小动物的足迹踏出一行雪中弯曲的脚印，消失在树丛中。路边向阳的椅子有人坐过，拂去的积雪落在椅子的两侧堆在灌木的根部。迎春的枝条上开始长出了米粒般大小的花蕾，它是紫褐色的，被雪洗过后那样鲜亮。

一群灰喜鹊飞起，抖落了枝头上的雪尘，在阳光中晶莹地闪动。几只斑鸠和麻雀在向阳坡地的雪融处觅食。沿着有人走过的小路走向密林的深处，雪在脚下发出咯吱咯吱的声响，空气润朗，雪吸走了所有的声音，四周静极了。

这是冬天最后的日子，这是又一年的开始。

附记：

生活中的人们都有求新求异的心理，或被舆论左右的趋向。远处的名胜或什么传闻中的景物，常常被趋之若鹜。其实发现那些身边的、朴实无华的景物，并学会享用它，也许更有意义。凡·高在法国南部古城阿尔勒，不去画那些罗马时期的古迹，而是画麦田、松柏、夜空、咖啡馆，不去利用传统，而是在平常中发现新的美，他的作品有了不平凡的价值。晚年的莫奈，面对自己的花园，反复地画不同时段的睡莲和池塘，创作了多幅伟大的作品。

身边的事物未必没有"风景"，只是我们有没有认真地面对它。

这两年因为疫情，人们只能在家的附近活动，过去无人问津的郊野公园，纷纷被发掘了出来。2020年春节过后，我家附近的几个以树木为主体的公园便成了我和老伴儿经常散步的地方。林中四季的更迭，花草鸟雀的兴衰，雨雪风霜的莅临，自然地进入心中。有一段时间，我时常带上一个速写本，一支碳素笔，散步累了，坐下来画画身边的树木、林中小路或花草，别有一些趣味。

散步有感触的时候，也随手写了一些文字，因为时间所限，只是草草写就。简单定个篇名《林中札记》。

是的，身边的事物未必没有"风景"。

诗人散文
SHIREN SANWEN

▼
童年的故乡

汽笛的呼唤

我记忆中的华北平原上的故乡，一条河从它的东面流过，站在岸上能看到绿树丛中的村庄和蓝色的远山。有人说童年时的记忆是灰色的，而我以为是寂静的，像一部部无声的小小的电影，当你闭上眼睛就会看到它……

暮春的阳光下，我们赤裸着小小的身子，一股微风吹来，水面漾起了波纹，沾了水的肌肤是有点儿冷。我们还是把网慢慢推向岸边，轻轻地抬起来，四只小胳臂一起举过头顶，一串晶莹的水滴从网上淌了下来，阳光穿透了它们，发出比星星还要闪烁的光来。网中间坠下的部分，几条银色的小鱼弹跃着，引发了我们的一阵欢呼。正午的阳光那么温暖，站在低洼的河道里，高高的与白晃晃的晴空相接的两岸挡住了视线也挡住了风，四周静极了。在我们看不到的春天的田野上，突然升起了一阵火车汽笛震荡的微鸣，那遥远的声音，让几个站在水里或岸边的孩子都愣在那儿倾听着，而后便是耳鸣中的寂静。我相信生命中是有一种神秘的召唤，我想当时他们一定也听到了那汽笛的声音……可他们是谁，现在在哪儿，他们是否还记得我，这些我都已无法知道。但那些银色的弯成弓形的，在岸边潮湿的泥土上跳动的小鱼，曾经多次出现在我的梦中，一直伴随着我童年的记忆。

还有那水渐渐退下去的河滩，赤脚踩上去是沁凉而松软的，每一步都会印下一个清晰的小脚印。河滩上布满了刚刚长出来的小小的三棱草，我们用它尖尖的叶子逗那些小洞里的灰绿色的小虫。那是放学后的下午，把书包和鞋放在河边的树下，我们几个小伙伴赤脚在河滩上玩儿。那小虫不知叫什么，它们从小洞里探出头来，当你用草叶一捅，它很快就缩了回去，有时它会从另一洞口钻出来，一蹦就消失了。三棱草在秋天就长得很高了，一簇一簇的与那些水中植物一同摇曳在秋风中。

我记得那秋天的风，松软的河滩，阳光下淌落的网中的水珠……少年蒙昧时期的许多往事都已不复存在了，而这些大自然所赋予的细节还是那么生动而清晰。那时我六岁，还能隐约记得那位乡村女教师和蔼的面容。她送我们走出那座早已废弃了的乡村教堂，站在墙壁斑驳的高高的拱门旁。外面就是我最喜欢的那个自然的世界。应该说那是我的第一位老师，她留在我记忆中的还有那件和所有的乡村女人都不同的蓝制服。那腰身上的曲线和教堂的拱顶的建筑都深深地印在了我的心中。

那座教堂是什么时候消失的，那条河是否还在，在我离开了之后就再也不知道了。它们在我记忆中一直没有变，它还是那片寂静的属于我的童年的乡村。

老槐树开花的春天

那棵槐树已经很老了,树冠覆盖了整座庭院,而到了春天还是开满了白色的花,股股幽香仿佛一直延续到夏天。

槐树开花的时候,奶奶买了一群长着黄色绒毛的小鸭子。它们在大槐树下一边叫着一边吞食着飘落的花瓣。那只猫卧在堂屋的蒲团上,不时地偷眼看看。但它没有动,它是一只受过奶奶训练的好猫。

槐树花开败了的时候,小鸭子已经可以下湖了。它们排着队笨拙地翻越堂屋的门槛,从装睡的猫的身边摇摆着走过,走过木栅栏门,穿过枣树园子,就是村边的湖了。湖水还是清凉的,我们还不敢下湖游泳。

那时的枣树,刚刚开始长出嫩绿的叶芽,星星点点地缀满了整座园子。

春天和夏天是怎样消失的,当我在秋天的夜空下,透过老槐树枝叶的缝隙寻找牛郎星和织女星的时候,属于春天的小鸭子已经长大了。每天的早晨,鸭圈里都会有几只青色蛋壳的蛋。它们依然是每天排着队晨出暮归。有时，它们会无缘无故地晚归，奶奶就在岸边"鸭鸭鸭"地叫着。天渐渐暗了下来，湖面上映出了夕阳西下后的蓝色的云层，我们沿着湖边转到对岸去寻找它们，旷野已笼罩在暮色之中了，湖岸边那些长满柏树的墓地把一丝阴冷投在我们心上，我们匆匆地赶路，高声驱赶着滞留在苇丛中的鸭群，对岸传来的奶奶的呼唤声支持着我们。那是我童年记忆中最勇敢的行为，而墓地那黑森森的柏树林所发出的瑟瑟的风声，使我在第一次接触毛骨悚然这个词时，马上就找到了那种感觉。

对于我，那片湖水依旧充满了童年的神秘和欢乐。它蓝色的水面那么宽大，环绕着半个村子。我家的枣树园子就在它的岸边，每到夏日的正午，是孩子们游泳的时候，我们在水中欢叫着，那是只属于天堂和少年的声音。

枣园中的那口老井的水永远是清澈的，把木桶挂在辘轳的铁钩上，摇动弓形的手柄，麻绳都倒完了的时候，木桶就漂在水面上了。当它贮满了水，绳子就拉得很紧了，使劲儿摇动辘轳，它便吱吱呀呀地把水桶绞了上来。盛夏，那清凉的水喝上几口就凉透了身心。然后，在树下睡上一会儿，游泳后的疲倦就一扫而光了。

秋天的早晨，早熟的枣子被风吹落，红红的撒了一地，麻雀蹦来蹦去的啄食着。有时，不知谁惊动了它们，便轰的一声成群地飞到了树上。叽叽喳喳地叫着，似乎在交流着一场虚惊后的感想。而乡村的清晨总是平静的，那散发着草香的炊烟把人们送入了新的一天。

中秋，人们将打下的枣晒在苇席上，那是一种沉着的红色。醉枣的坛子还不能开封，最少要半个月。即使到了春节，醉过的枣还是那样饱满而清脆。而后便是人们盼望的春天了，我少年时代记忆最深刻的老槐树开花的春天。它那么单纯，那么飘逸，那小小的白色的花朵是清香而甘甜的，就像我们无忧无虑的那些乡村里的童年。

大地的礼品

　　湖边枣园对面的河汊，是我们经常去的地方。初夏，岸边的浅水中长满了草。它们不是那种从水底长出的藻类，而是生长在潮湿的河床上的草，当初夏的雨水渐渐涨了上来，它们便处于浅水中了。它们的叶子细长，有些呈三菱形。如果说疾风知劲草的话，它们应属于劲草之列。一阵春风吹来，一片葱茏的碧色，只有草尖整齐地弯向一边，如果你仔细地倾听，草丛会发出轻轻的呼哨声。这些长着草的浅水下，有许多小鱼游弋在其中。

　　河边潮湿的泥地里，还长着一种"甜根"，我说不上它的学名。用手轻轻地将它从泥里抽出来，长着节的根白白的，有半尺多长，用河水洗净，吃起来有一丝清凉的甜味儿。有时我们每人揪上一大把，坐在河岸上慢慢地嚼，悠闲得像一群小田鼠。河岸边还有一种草叫"地梨儿"，我想是应该加上儿化音，那长在泥水里的"梨"那么小，有蚕豆一般大，皮又黑又硬，啃去了外壳，白色的芯比甜根更有味道。这些小小的植物的根茎，给乡村里的孩子们增加了那么多在田野里流连忘返的情趣和理由，在孩子们闲暇的童年的岁月里，太阳照耀着，河水闪烁着，属于大地的孩子们，无忧无虑地游荡在乡间的原野上。只有黄昏来临村子里飘出了炊烟淡淡的柴草的气息，夕阳把我们瘦小而细长的影子拖在沉沉的大地上，有时我们会听见谁家的母亲那悠长而清晰的呼唤。

大地的确为孩子们准备了许许多多的礼品，比如高粱、玉米不结粮食的那种茎秆，我们叫它们"甜秆儿"。还有紫色的野葡萄，吃起来是酸甜的。还有一种花叫"猪妈妈草"，叶子很大，毛茸茸的，匍匐在地表上，花是淡紫色的，花朵长长的，开得不大。它喇叭形的花朵像羞涩的乡野少女们，收敛着它的花形，花上也长满了细细的白色绒毛。轻轻地从花萼上把花摘下来，用嘴吸吮，甜甜的蜜一样的汁液就沾满了舌尖。

这土地是广袤的，它用自己的胸膛养育了那么多儿女。我想起了苏联电影《两个人的车站》中的歌词："大自然没有坏天气，阴、晴、雨、雪都是它的赐予。"是的，生活给我们的不都是美好的乌托邦式的阳光与歌声，有时，苦涩也会和我们相伴，它有时是亲切的，比那些浮泛的所谓的幸福更有意味。

有时苦涩让我想起故乡那棵粗大的杜梨树，湖岸边它弯曲的身躯伸向湖水。它的果子那么小，只比黄豆大一点儿，即使成熟了也还是绿色的，在墨绿色的叶子下，一簇簇地生长着。

我们爬上高大的树干，品尝它的果实。那甘甜后的苦涩，有另外的一种滋味。它别致的感觉，至今深深留在我的记忆中。有如童年的某些往事，有如乡村的女人们，在寂静的夜晚哼唱的那些带着哀伤的曲调。

它不是"小银"

我记得很深的还有那头驴,当然它不是"小银"。它比西班牙希梅内斯的那头小毛驴要高一些,背部的颜色也深一点儿。它大部分时间是在磨坊里,眼睛被蒙了布,不知路途地在磨道上转。我不是很喜欢它,当然不是因为后来的那件事。

我更喜欢那只大黄狗,我们都叫它"黄子"。

那是秋天,地里的庄稼熟了,我坐在驴背的驮架上,和人们一起去驮庄稼。也许是驴很久没有吃到鲜饲料了,一见满地被割下的红薯秧,便挣脱了缰绳,将我一下摔在了路上,木驮架砸在了我右侧的小臂上,手一下就不能动了。那会儿我只觉得眼前突然失去了平衡,秋天的田野也旋转了起来。黄子突然大叫着,冲到了驴的前面。

奶奶带着我穿过村子,在一个水塘边的房子里,请一位满脸皱纹的老奶奶看我那只不能动的手臂。她看了好一会儿,用手抻了几下,就用夹板固定了起来。听奶奶说,我脸上的汗珠直淌,但始终没有喊疼。晚饭后,奶奶打开夹板看我的伤势,她握住我的手向前轻轻一拉，只听咔的一声，手臂折断的部位变得平直了。我记得那时天已经完全黑了，炕桌上点了煤油灯，大家都围着我看，那声音好像让所有的人都松了一口气。半年后，我在北京的一家医院里照透视，医生说，几乎看不出是骨折过的。那时我五岁，旺盛的生命力很快就掩盖了那痛苦的记忆。那驴子并没有受到什么惩罚，它依旧在磨坊里走那条没有尽头的路。当然，它也不会知道，关于一个孩子骨折的经历。

有人说往事如烟，但小时候的往事是不会飘散的，它们简洁而清晰地勾画出了我的童年。养伤的那些日子，黄子成了我最好的伙伴。我走到哪儿它总是跟到哪儿，摇晃着它那粗大的尾巴，似乎随时都在等待着我的呼唤。

乡村的夜晚是那样的寂静，白天喧闹的鸡群已都上了窝，为防止黄鼠狼的袭击，鸡舍用一块石板封上了门。忙碌了一天的毛驴也吃足了草料，站在它的圈里睡着了。黄子俯卧在门前的石阶上，守护着我们的家。夜晚的狗叫声传得很远，一阵一阵的，似乎在彼此传递着消息。黄子很少叫，偶尔在一片狗吠声中，我也能听到它粗壮而短促的叫声。很多年后，我在呼伦贝尔草原上听到了另一种犬吠声。那是牧羊犬的叫声，它们发出的不是"汪、汪、汪"的有节奏的声音，而是狼一样的长长的吼声，在草原那星空低垂的旷野上，那声音体现了野性的力量。那时，我想起了黄子，如果把它放逐在大草原上，它会不会像杰克·伦敦笔下的那只混迹于狼群的狗一样发出荒野的呼唤。

华北平原上的乡村是祥和而寂静的。那头使我致伤的驴不是有意的，当然它也不是"小银"。黄子的温顺更多于它的野性，村子里的许多狗都很怕它，但对人它总是顺从的，不论何时，只要我们想要它，只需"黄子、黄子"地一叫，它便会出现在我们的身边。有时，它听到了呼唤，会从很远的地方跑回来，在你面前摇动它粗大的尾巴表示歉意时，你会看到，它的腹部还在一缩一胀地喘着粗气。当我们抚摸它光滑的脊背，它就蹲下来看着你，表现出一副满足了的样子。

黄子和那头毛驴都已回归了养育它们的那片土地，在我的记忆中，它们和我童年的生活是永远融为一体的。

故乡的家

我在一首诗中曾这样写过:"一片雨中的风景／是故乡北屋古旧的门廊／黑暗而神秘／褪了色的人像在深红色条桌与瓷器之上……雨水积满了庭院／倒影摇乱／而阳光下／……只有磨坊、临湖的园子／开满繁花的老槐树……"透过记忆虚掩的门,那座早已不复存在的庭院还历历在目。

那是一座临湖的庭院,院子的南面是一片湖,再远处,就是一望无际的华北平原了。它处于两面临水的村子的西南边。在院落和枣树园子之间是一排磨坊,在我的记忆中,一头灰褐色的小毛驴总在拉动那个发出轰轰响声的大石磨。无论冬夏,成群的麻雀也总爱在磨坊四周的院落里飞起飞落。

南屋外面是一片菜园。在南屋与北屋之间的院落里,一棵老洋槐树的树冠覆盖了整座庭院。对小时候的我,北屋永远是神秘的。在深褐色的木板隔墙之间,在深红色的条案和方桌之上,供品和香火,还有那些褪了色的人像,因铅粉而变黑的眼白和面颊,把我胆怯的感觉拉向了一个不可知的年代。它们似乎体现着这个家曾经有过的某种辉煌。

奶奶是这个家的家长，我没有见过爷爷，他很早就去世了，唯有奶奶支撑着这个家。大伯、爸爸和姑姑们都离开了家乡，奶奶守护了它许多年。"大跃进"时，奶奶也搬到了北京，只留下了那座老房子。现在，它也早已不存在了。

我在老家的那几年，家里还是满热闹的，我和哥哥、弟弟，还有几个表兄妹时常住在那里。晚饭后，奶奶看着我们在大炕上连滚带爬地嬉戏打闹，有时候也给我们讲那些乡村流传了很久的故事。我记忆中有《门栓和狼》《牛郎和织女》《老大、老二和老三》，也有奶奶那一辈人所经历过的那些战争的往事，直系和奉系军阀的故事、乡间土匪的抢掠、卢沟桥事变后撤到村里的二十八军，他们的大刀上还带着血迹……那些都已是很久以前的往事了，而我们的乡村生活是充实而无虑的。

那几年的乡村生活深深地印在了我的心里，那种情调还会不时地涌上来，它们总在我的生命深处环流着。在那首《黄昏，我听到过神秘的声音》的诗中我曾这样写道："归栏的羊群，静悄悄地／隐没在炊烟弥漫的村子里／我的伙伴们在回家的路上／突然止住了歌声／田野多么寂静，多么寂静／在徐徐升起的一片幽鸣的后面／有一种声音／来自天空和深远无边的岁月／当你站在深沉的黄昏之上／就能听到它。"这种带着磁性的神秘有时让我着迷，在城里的时间久了，我就会深情地想念它。想念那村边被父辈们走得河道般低洼的路，想念候鸟们筑巢的季节，想念久别的村庄黄昏里孩子们的喧闹。

乡间的庙会

在华北的农村，有一种传统的习俗，每个村子每年都有定时的庙会。相邻的村子不会同时举行，在相对的农闲时节，它们各有自己的节日。

每逢庙会时节，村里张灯结彩，空地上的戏棚是用苇席搭的，台口用彩绸装饰，大红大绿的别有一番情趣。20世纪50年代的乡村还没有电灯，几只比马灯大许多的汽灯挂在戏台上，把乡村里平淡的日子都照亮了。

庙会一般是三两天，每家都有亲友从四面八方的村子里赶来，他们套了牛车或牵了毛驴儿，穿上节日里的衣裳，篮子里的饽饽是点了红点的。这种走亲家人们称它为"上庙"。穿了新装的孩子们把村子装点得鲜活了起来，商家和小贩们也赶了来，为乡村里的节日增加了另一种氛围。卖艺的，卖衣服和布匹的，还有卖居家用品和各种农具的。我记忆最深的是吹糖人、卖芝麻糖和甘蔗的。庙会是比人们重视的春节、八月十五等传统的节日更具交往性和商业性。

在乡村的那几年，我和大人们赶过几次庙会。一早起就等着来接的车了，在乡间的土路上，木轮的大车上铺了苇席和棉被，女人和孩子们摇晃在上面，听着木轴发出的吱呀声和车把式悦耳的吆喝声。他们抱着结了红缨子的鞭子，有的跟车走在路边上，有的坐在车辕上。拉车的牲口也在脑门上结了红璎珞，人们相互应答着，这是一年一度的乡村里的节日，它点缀着质朴而平和的乡村生活。

五岁那年家乡的庙会在我记忆里留下了终生难忘的两件事：一是自己买了第一本书；另一件是第一次看了"鬼戏"。

那是一本薄薄的小人儿书，一毛二分钱。书中讲的是一个战国的成语故事《一鼓作气》。我被封面上的战旗和战车吸引，那时我们天天拿着从庙会上买的木刀木枪，编撰着从戏台上看来的故事。那是我的第一本书，我把它保存了许多年。为它也留下了一些愉快和不愉快的记忆。

庙会上最吸引人的是唱戏了，河北梆子那高亢的唱腔和急促的伴奏声划过夜空，老远就能听见了。无论春夏秋冬，台下总是熙熙攘攘地挤满了人。孩子们为了看得清楚，很早就用条凳占上了地方。开场锣鼓响过三遍，戏才真的开始了。往往开头总是一两段折子戏，然后才是正戏。最吸引孩子们的不是戏的内容，是那些奇异的戏剧服饰，武将的靠背旗和长长的雉鸡翎，花旦的凤冠，还有丑角的花脸。许多戏的内容都已经忘光了，唯有一场"鬼戏"至今还深深地印在我的脑海中。那戏的名字叫《狮子楼》，戏台上的汽灯都调得很暗，台上用酒点上了几簇鬼火,那蓝色的火焰后面不时地闪出死鬼武大青色的脸。王婆领了几个抬棺材的人在火焰间往返跳动着,他们唱着一种类似口诀的快板,那种惶恐不安慑住了台下的人群,我至今还记得因恐怖而紧紧抓住了大人的手,那几簇蓝色的火焰跳动得几乎让灵魂进入了另一个世界。

乡村的生活在孩子们的心中是平静的,它的阳光明媚,土地与炊烟般的质朴让孩子们无所牵挂。白天和夜晚把孩子们的心截然地分开,那是不同的两个世界,在我的想象中,夜将神秘的事物掩盖起来,那些黑暗中大地的絮语,那些闪动的遥远的星星,是的,这世界上的确有着我们所无法感知的空间,也许因此人们总是充满了幻想。

不知为什么,在乡村的记忆中,我总有一股无名的哀伤,即使在高亢的戏剧的唱腔中,我也能听到它的存在。它们幽幽地飘荡在大地上,或许,这就是华北原野上的"燕赵悲歌",它神秘地在人们心中无尽地盘桓,已有上千年了。

湖上的灯火

农村生活有许多时候和精灵鬼怪是分不开的,大人们经常告诉孩子们,蛇和刺猬不能祸害,它们是大仙,黄鼠狼更不能打,它也是大仙,打了这些大仙,它们会经常找你的麻烦。男孩子肩上有两盏灯,走夜路不能回头,回头肩上的灯就灭了。过春节时不能随意乱说话,走路要稳重,不能乱跑,否则会惹到神灵,冲撞了接回家过年的祖上的魂灵。各种鬼怪的故事更是晚饭后,睡觉前经常的娱乐活动。孩子病了要叫魂,风水先生的法事,丧事上的纸人纸马,吊丧仪式上人们的孝服,哭丧棒,孝子棺木前的哭拜。还有夜空中滑落的星辰,苍茫的银河,牛郎星、织女星等,这些让乡村孩子们内心的世界变得丰富了起来,也构成了他们立体的自成逻辑的爱憎观。

当然还有那些各式各样的节日,春节前的对联和福字,贴在门口、窗户、磨坊、猪圈、鸡窝等不同地方的不同字符,既是祈福,也是辟邪。年前,人们收集很多穿过的旧布鞋,在街头搭成高高的鞋塔,夜晚用柴火从里面点燃,据说这样可以去掉一年的晦气。土地庙的香火，上梁大吉的鞭炮，五月端午的粽子，中秋节圆圆的小糖饼……到处都有着神秘的传说和有意味的形式。

我有一首诗的题目就是《湖上灯火》，讲的不是一般的灯火，也不是船上的渔火，那是与生命相关的神秘的召唤之火。

我记得小时候妈妈讲的一个故事，一个水里的淹死鬼到了可以解脱的时候了，阎王让小鬼告诉他，一定要找到一个戴铁帽子的人，那个人是他的替身，那个替身成了水鬼你才能够进入轮回，转生为人。淹死鬼很沮丧，以为这下一点儿希望都没有了，这世上哪有什么戴铁帽子的人啊。说来也巧，一天傍晚，突然下起了大雨，一个赶集的人回家晚了，正匆匆地赶路，走到桥边大雨倾盆而下，他就把刚刚买的铁锅扣在了头上遮雨，雨下得很大，天又有些黑了，脚下一滑，他掉到了淹死鬼等着的桥的下面，成了一名新的淹死鬼，那个等替身的水鬼就进入了六道轮回之中，也许转生成了一个新的人，也许成了家禽或其他的什么。

在乡村的传说中，有许许多多的飘在世间的冤魂，他们总在期待着一种解脱，以回到生命的轮回之中，于是，在七月十五中国鬼节的晚上，人们在河水或湖泊里放河灯，用以解救那些期待中的魂灵。人们用小小的葫芦片，滴上一些油，用棉花搓成细细的灯捻，点着了放在水面上，那些小小的河灯，被风吹着漂向远方。人们说，每熄灭一盏就是一个灵魂得到了拯救。那时我们站在湖边，默默地祈祷，希望有很多很多的亡灵得到我们的拯救，那是一种童心中真诚的善意，它一直在我的心里温暖地存在着。我在一首诗中这样写道：

……在我的家乡，有一个美好的传说／七月里，那个召唤亡灵的日子／／（湖面上漂满闪烁的灯火／我也曾长久地站在那儿／默默祝愿着／灯火尽快地熄灭／湖水像一片没有播种过的土地／幽暗的、平静的土地）／／那些战死沙场的人们／那些在民族的叹息中／无辜丧生的人们／那些在生活的河流里被淹没的人们／生命在流逝的时间里缓缓浮起／灯火一盏盏熄灭／那许许多多的受难者／不必再那样长久的，在大地上游荡

——节选自短诗《湖上灯火》1982 年 9 月

那些神秘的故事一直在我心中，那片蔚蓝色的湖水也一直在我的心中，无论我在哪里，它都会温柔地闪烁。人生经历了那么多往事，但我心中因为有着这片湖水，这片拯救灵魂的湖水，它也在拯救我迷失在人生中的那些晦暗时光。

故乡的水塘

20世纪50年代的华北平原是不缺水的，即使不靠近大河的地方，也有许多无名的小河或水渠。每个村子四周都有许多大大小小的池塘。有些是洼地积水成湖，有些是人们为盖房子，取土烧砖，慢慢成了水塘，人们称这些水塘为"窑河"。

我故乡的家就在一个很大的池塘边上，院子的西、南两面都是水波荡漾的湖。出了场院西侧的栅栏门，就是一片枣树园子，园子中间有一口老水井，枣园的西边就是湖了。井的水位很低，用带水桶挂钩的扁担就能把水打上来。那水清冽甘甜，沁人心脾。

枣树园子有十几棵枣树，边上是榆树和槐树，井边的树荫凉爽、浓密，我们经常在那儿铺上席子小息。闭上眼睛能听到风的絮语和鸟的鸣叫，有时是灰喜鹊，有时是布谷鸟，更多的时候是麻雀，它们成群地飞来飞去，它们不喜欢树林，更愿意落在磨坊边的矮墙上。

槐树上有一种青绿色的虫子我们叫它"吊死鬼"，有两厘米长，它们用一根自己吐的丝从树上垂下来。有时从树下过，不小心会撞在脸上或脖颈里，凉凉的，很有些烦人。榆树上也有一种虫子，是红色的，有"吊死鬼"的两三倍大，它钻在树心里，树干上能看到它们咬的洞和流出的黏稠的树的汁液，我觉得它比吊死鬼更可恶。我们最怕枣树上的洋喇子，如果被它身上的毛刺蜇到，皮肤会火辣辣地疼，即使抹上清凉油也不管用，那疼让你一下就记住了它的厉害。我们中学有位厉害的姓杨的女老师，大家给她起了个外号，就叫"洋喇子"，许多老师的形象都忘记了，但这位老师的形态，却一直在我心中。我们见到的最大的虫子是葡萄架上的，有两三寸长，像大人的手指一样粗，头上有独角的大青虫，初看很吓人，但它没有毒，有时我们将它握在手里，感觉它有力的蠕动，那感觉很是刺激，心中痒痒的，有些担心，又有些害怕，但坚持着，为了那一丝逗能的愉悦。乡村还有各种各样的虫子，它们最终都会变成蛹，有的在树上，有的在墙缝里或土里栖息。蛹再变，有的变成难看的蛾子，有的变成美丽的蝴蝶。到了夏天，蝉开始鸣叫，我们叫它们唧鸟或伏天，它们的叫声连成一片，天气越热，它们就越烦人。

而夏天是可以游泳的，孩子中午不睡午觉，趁大人们睡着了，我们就悄悄地溜出来，在枣树林的湖边上戏水。那时我还很小，开始只敢站在水边上，后来胆子越来越大，蹲下或坐在浅水中，让水没到脖颈，在大孩子们涌起的水浪中漂荡，也不知哪一天，一不留神就漂到了水深的地方，在没了头的水中挣扎着，有那么一瞬，就游起来了。乡村孩子的勇敢和本领都是上天赐给的，他们像地里的野草一样，自由地、无忧无虑地生长着。

学会游泳的那年我五岁。我们游的姿势叫"狗刨儿"，手向后刨，两只脚轮流着打水，水花四溅，十几个孩子在一起游泳，打水声和呼喊声混成一片，真的很热闹。到北京上小学，我才改变了那种乡村的泳姿，有时也会给同学们表演一下。我学会游泳的那年，因为雨水少，到了初秋，湖水只剩下一尺多深，许多鱼因为缺氧浮了起来，有人用网捞，孩子们更聪明，一人一根短木棒，一只水桶漂浮在水上，看到露头呼吸的鱼就是一棒子，鱼立马就翻起了白肚皮，捞到水桶里，就成了胜利的果实。我和哥哥也很快地收获了一大桶，有鲫鱼、有鲤鱼，最大的，也最不好捞起的是表皮黏滑的大鲇鱼。

后来我到京城读书，离开了那个少年时无忧无虑的生活与生长的故乡，等再回去的时候，那些湖已经干涸，枣树园子也不复存在了，那口老井，井壁也已经塌了，只剩下一些井台的痕迹。华北大地的整体水位下降了很多，原来从地表挖下两米就有水了，现在挖三十米还不见水的影子。河流也都是断流的，只有夏天多雨的季节，水才会流动起来，几乎都成了季节河。对太行山树木的过分采伐，上游修建的许许多多的大小不等的水库，工农业过分地用水，人为的截流，水土的不断流失，破坏了大自然正常的水脉。自20世纪六七十年代，整个华北平原成了一片缺水的大地。

我少年时故乡的湖水,给我留下了那么多美好的回忆。记得那时和妈妈回十多里路远的姥姥家,快进村的时候,经常会看见舅舅拿着渔网,提着鱼篓在河边迎候着我们。有一次他用网捕到了一条十多斤重的大鲤鱼,许多人在围着看,我钻进人群,试着想把那条大鱼提起来,因为太长、太重,试了几次也没有将鱼的尾巴提离开地面,记忆中,那是我第一次见到那么大的鱼。那时的华北平原是不缺水的,水给大地带来了无限的生机与特有的魅力。

祖屋复原图

我为家乡的院落画了一张记忆中的复原图，两面临湖，西面临湖的是一片枣树园子，中间有一口老水井，再向里就是外院的栅栏门，栅栏门向西，门的南面是碾坊和磨坊。听哥哥说，南面临湖的原来还有一排南房，南房外和湖水之间是一条能走马车的车道，后来湖水的波浪不断地侵蚀，道路消失了，变成了河滩。南屋因无人居住也倒塌了。在我记忆中那里已经变成了菜园。内院是一个不完整的四合院，有北屋、西屋和南屋。南屋中间有通向内院的过道，内院里有一棵很高大的洋槐树，春天开很多的幽香的白槐花，夏天有浓郁的树荫，几乎遮住了整个庭院。当然还有一些乡间里常见的菊花、西方莲、牵牛、无花果、指甲草等，那些都是奶奶、妈妈或姑姑种的。南屋外是一个很大的葡萄架，它是出了内院和南屋门道的绿色凉棚。我们经常会在葡萄架的下面吃饭、游戏，还有过七月七披着红色的被单，听银河边牛郎与织女会面的经历。

　　南面的小菜园里种着辣椒、小葱、茄子、扁豆、西红柿等，南瓜会爬到磨坊上，我在一首诗中这样写过：

> 姑姑用手掌拍打几片叶子／然后贴在我和她的额上／冰凉地　一丝清香窜入了我的鼻子／那是初夏／尖厉的蝉声刚刚响起／昨天在小树林里捡到的蝉蜕还是潮软的／薄荷嫩绿的叶子长在篱笆边／还有韭菜　莴苣茄子和紫叶的苏子∥这已是几十年前的记忆了／那年的薄荷和苏子叶／早已消散了它们质朴的香气／姑姑在外省的小城颐养天年／电话里的声音虽不苍老／但遗忘　让她的心干净的如同孩子
> ——摘自短诗《清凉的薄荷》2012年7月23日

是啊，"那些年都是怎么过的／在外省　在乡下　在城市／在列车的轰鸣和期盼的书信中／在每一个清晨和黄昏的家里∥曾经的平和与安详伴着不谙世事的童年／曾经的苦痛和罹难伴着半个世纪的动荡与变幻。"父亲那一辈兄妹六人，伯父、大姑、父亲，还有三个比父亲小的姑姑。祖父过世得很早，奶奶是这一家人的家长，除了大姑从北京回到故乡，最后终老于此，其他的兄弟姐妹都在外面工作，奶奶虽葬在故乡，但故于北京。

祖屋是祖爷爷修建的，那时他在北京当差，回乡修了这座院子。青砖墙，起脊的灰顶，北屋七间，东西屋各三间，隔墙都是深棕色的老杨木板。南屋东侧是院门，门口有三层石阶和方形的刻花石门墩。是一所典型的京城一进的四合院的建制。后来太爷爷一代兄弟分家，院子分割成两半，中间加了一道不高的篱笆。我小的时候东院的本家爷爷、姑姑，经常隔着篱笆说笑和逗我们玩。

那年在绍兴，我看到鲁迅的家就是半个院子，他散文中写的那节矮墙应该也是分家的界墙。只是他的家在镇上，出了院门就是大街，而我的祖居在村子的西南角上，出了栅栏门就看见枣树园子和一片湖水，在湖边能看见蔚蓝的远山，能听到远处火车汽笛的微鸣。

那年我们举家搬到了北京，那些从京城运到乡下的家具，条案、八仙桌、樟木大柜、半月形大理石面的小桌子，太师椅等又回到了北京。

　　我们曾有一个临湖的园子／老井和枣林相伴／岁月无声／而远方的汽笛长鸣／唤有梦想的人们匆匆地出走／不知远山有雨／不知湖水干涸　枣林成炭／一晃过了半个世纪／／远山有雨／把乡愁化为默祈／明净的湖水映母亲的白发／她再也不曾回首／那条不长的乡路／静静地期待／而母亲沉默／她在心中告诉亲人们／因远山之雨／误了一个相思者的归期

——录短诗《远山有雨》

这是写于 2007 年的悼念母亲的组诗中的一首,那年母亲九十岁,病弱离世。那几年,每次回家陪母亲,我们都会睡前卧谈。谈家常事,谈现实的生活,也常常谈起家乡的亲人,谈我们小时候的往事,也谈起祖宅、枣园和那片湖水。时间不知不觉间过了半个世纪,世事风云,白云苍狗,我们共同经历了许许多多的艰难,也有幸福的时光,许多亲人都离开了这个世界,许多乡亲也没有了音信。母亲离开故乡再也没有回去过,许多晚辈来看望她,她的神情中有许多的期待和思念,但物是人非,一切都已是那么遥远。

　　是啊,时间恍然,一晃就已过了半个多世纪。

诗人散文
SHIREN SANWEN

水乡札记（风情篇）

初　　春

　　这是初春，淀水那么静，一丝波纹也没有。冰层刚刚消融，水似乎还带着冰的凝滞，只是比阳光下的冰更清澈、更透明。船缓缓地滑行，水面上什么都没有。

　　数日春风，某一天的清晨，当你走出屋子，放眼望去，往日平滑的水面上，长出了一片片紫红色的嫩芽，如黎明的朝霞映在开阔的淀子上，打破了往日一片灰色的寂静。

　　一过清明，苇子便展开了嫩得几乎淌绿的叶子，春天在一片清爽的风中真的来了。

　　水乡的活儿与农区的不同。每年深秋，人们开始收割那一望无际的芦苇，结冰后将它们运回村子的四周。然后就是梳叶、分类、打捆，忙上整整一个冬天。春天一来，反倒显得有些清闲了。渔人们不紧不慢地整理着船只与渔具，修船的工匠们有节奏的敲击声传得很远，仿佛在向水乡的深处告知春天的来临。

　　水乡的人们不全是会捕鱼的，这种本领带有某种家传的成分。每个村子里都有几个远近闻名的"鱼鹰"。他们手中各有各的绝活儿，使人想起武当弟子与少林功夫，颇有几分传奇色彩。他们有的能在开阔的水域里观察不同季节水流的变化，以苇箔圈地，鱼便乖乖地进入了设好的"迷魂阵"；有的在壕边、水底下钩，以小鱼为饵，专门钓水下吃活食的大鱼；我更佩服那些游侠骑士般的渔人，他们在船头上放一个丈把高的大网罩，手中一把锋利的鱼叉，船随意地游荡在淀子上，那些小鱼、小虾绝不是捕获的目标，他们的船舱里跳动的，总是那些最名贵的大鲤鱼。当然，还有许多种捕鱼的方法，如打网、搬罾、打埝等是水乡最粗俗的活儿，许多人都会干。

还有那些神奇的放鹰人，梭子似的小船，两舷上伸出几排木杆，鸬鹚们整齐地站在上面。当鹰船从苇丛中钻出来，远远望去，清晨的薄雾里，仿佛飞行着一只黑色的大鸟。

一到春天，村边的柳树吐出嫩芽，冰层消融。修船的工匠们吆喝着把船推入冰冷的春水中，放鸭子的大篷船也驶出了村子，在靠近堤岸的浅水域扎下圈，他们的炊烟从很远的地方就看见了。鸭群在水中觅食，放鸭人在擦拭得干净的船上小憩，他们的船擦得那么亮，几乎能映出人影儿。常年在水乡生活的人，更喜欢干爽与清洁。

姑娘们抱着破成眉子的苇捆，登上岸边的船只，船的一侧就倾斜了。她们将眉子浸透后，竖在船舷上，控去多余的水分，再用房前屋后的石滚子碾。原来挺直的苇子，渐渐变得像她们的长发一样柔软而舒展了。水乡里每一家的房子都是织席的手工作坊。一进门,一边是挑山的火炕,一边是朱漆的大柜,其余就是空出来织席的地面了,有的甚至大得能织两三张一丈有余的苇席。

初春的水乡依旧是寂静的,水面格外开阔,偶尔传来一两声火枪的钝响,天空盘旋起一群群的水鸟,翅膀拍击着空气,发出一阵阵的鸣响,从头顶上掠过去,消失在芦苇丛生的地方。苇子正生机勃勃地生长着,连水面都被映得发出了碧绿色的光波。水鸟繁殖的季节马上就要开始了。

这就是水乡的初春,它水波般地缓缓延展开去,把绿色与生机传向了这个已经苏醒的世界。

秧　　田

　　春天的傍晚，迎着夕光看去，还未长出植物的水乡洼地是深紫色的，深沉得诱人，孕育着无限的生机。

　　把船靠在洼地的边上，点燃船上的灶火，炊烟徐徐地升上去，天渐渐地暗下来，船成了一片剪影，火光一闪一闪地，映得很远。

　　一条悠长的曲线把视野分为两边：一边是黑沉沉的土地，在黄昏的余晖里，如聚集了千年的紫金；一边是淡灰色闪着天光的水面，向淀子更开阔的地方伸展开去，与天空融为一体，让人凝神屏息。

　　看畦人高声吆喝着，并不为什么，只是在这初春的傍晚，空气潮润，暝色渐渐合拢，一切都沉浸在暮色里了，一种发自生命的呼唤便突然迸发了出来，像一阵源于生命的风，掠过无际的原野。

　　船边，就是刚刚播种下的秧田了，畦垄整齐地隔出几块长方形的水面。这是白洋淀特有的一种水稻，它的秧苗能长二尺多高。春天，人们在浅水中插秧，夏季，水位越长越高，稻秧也跟着生长。到了夏末，站在齐腰深的水中，扶直稻秆，几乎和人一样高，水涨秧也长，这是水乡淀稻最大的特色。

深秋的季节一到，水位便开始下降，沉沉的稻穗垂在水面上，人们上身穿了棉衣，下边却打着赤腿，一手拉着船，一手拿着镰刀。割下的稻穗整齐地码放在两边的船舷上。脱了壳的稻米又白又长，如同它独特的种植与收割，连香味儿也是特别的。离开那儿已经二十多年了，那股稻米的清香依旧记忆犹新。

插队那年的第一个春天，队长派我和几个小伙子一起看秧畦。我们住在一条有席篷的大船上，早晨，撑小船到渔船上要几斤鲫鱼，简单收拾后就下锅煮，熬成一锅乳白色的汤，再用筷子把鱼骨架捞出去，那鲜美的味道很远就闻到了。伙伴们都是单身汉，白天我们一起用水龙浇水，晚上躺在窄小的船舱里，听他们讲当地的生活与风情，许多有关水乡的知识，都是在那些春天的长夜里第一次听到的。

春日的阳光直晒在秧田上，水龙使劲儿地转。而春风很快就把水分带走了，田埂又干又硬，龟裂翘起来，赤脚走上去，脚不敢踏得太实。阳光照在嫩绿的秧田里，整齐得如几块绿色的毯子。

白洋淀的春天很少有雨，而风却在天天地刮。水中的植物将紫色的叶芽伸出了水面，在水波中摇曳着。苇子像长疯了似的，在风中愉悦地起伏，像一群童真的孩子。

时间过得真快，转眼已二十年了。有时，在夕阳西下的傍晚，当天空的晚霞呈现出一片紫蓝色的云层，我时常会想起那些看秧田的日子。那生活确实很远了，仿佛是另一个世界的事。一个时代结束的时候，它也带走了我们那时候的生活。也许它们显得过于简单，但在简单的背后，在青春生命的身后，却有着另一层不堪回首的往事，这一切毕竟都曾属于我们。

那些碧绿的秧田，那些原野渔船上的炊烟，那些水乡的往事，只在偶然的一瞬闪现在我的脑海里，但却是那么鲜明，那么让心灵为之一动。还有那只在春夜里啼叫的狐狸，在离秧田不远的堤岸边，我曾看见它闪着荧光的眼睛，看见它缓缓地向晚风吹拂的芦苇丛中走去。

那是一个没有星光的夜晚，夜静极了。

黑　　鱼

一过清明，苇子嫩绿的叶子，在春风中随意地摇曳着，给春天的水乡增添了无限的生机。

芦苇中有一种小鸟，至今我也叫不出它们生物学上的名字，当地的人们都叫它"喳喳鸡"。这是一种比麻雀还小的小鸟，它产的卵像花生米一样大。到了繁衍的季节，它们就用草把几根苇秆缠在一起，搭一个小巧的窝，便开始产卵了。苇子在春风中使劲儿地摇荡。那可真是一个在风雨中飘摇的"家"呀。

当地渔民说："喳喳鸡一叫，黑鱼就该搭窝了。"我刚刚到水乡插队那年，常常跟着有经验的渔人在春日的苇丛中，寻找黑鱼的窝。在一片飒飒的风声中，仿佛有一种力量诱引着你，黑鱼无疑是这片静水中最神秘的生灵。

春天的水是那么静，有时你在芦苇间停下船来，就能听到一片寂静的幽鸣。两边是青翠欲滴的芦苇，阳光直射，晒得全身都痒酥酥的，一丝风都没有。这时，在苇地间的壕沟里，在清澈见底的水面上，经常可以看到浮在水中的黑鱼。它们把背鳍露出水面，黑色的，呈流线型的身躯上布满漂亮的花纹。尾鳍是椭圆形的，仿佛一把用黑色羽毛编织成的团扇。它们静静地浮在那儿，一动也不动。这时，你会生出一种敬畏，敬畏于它寂静中的美丽。

一旦听到船只的响动，鱼便倏地沉入水底，转眼就不见了。

叉鱼是一种绝技，船无声无息地在水面上行驶，人站在船头上，渔叉有时要飞出一两丈远，没有手儿绝活，是很难命中目标的。冰刚解冻时，鱼不在水面上浮出，而是躲在去年秋天坠落的苇叶中，借助阳光晒走冬天蛰伏时长满身躯的寄生物。然后，鱼便回复了那黝黑而发亮的花纹，游荡在清澈的春水里。在闪动的光波中，鱼很难被发现。有时候别人告诉我那儿有条鱼，我却怎么也看不见。只有当渔叉飞出，鱼猛地扭动起来，才发现那条硕大的黑鱼，原来就在眼前不足半尺深的浅水中。

黑鱼是卵生的，而它们不同于其他的鱼。每到春天，它们便寻找到自己的配偶，在一处寂静的苇地中安下自己的家。它们咬断一些青嫩的苇子，用苇秆围成一个直径两尺的圆环，再把一尺多深的水底清理得平整而光滑，就准备产卵了。渔民们把没有产卵的窝称为"青窝"。这时候一般是不去打扰的，只是在苇地的边上做上暗号，过上三五天，才带上渔叉、粘钩上门狩猎了。

产过卵的窝是由两条鱼轮流守护着。雄鱼和雌鱼的行动，似乎有一条固定的路线。在没有风的时候,你可以清楚地看见苇子在轻轻地摇动,一条鱼游了过来,在靠近窝的附近,它停了下来,像是在观察四周的动静。有时,它悄悄地浮上水面,然后再沉在漂浮的苇秆间。静候的渔叉往往就是在此刻飞了出去。有时,鱼也在窝的下方守护着,那些偷食鱼卵的小鱼就不敢靠近了。狩猎人用叉逮住一条黑鱼后,就不再等候另一条,而是用手把窝中的卵搅乱,下上几把粘钩就离开了,当另一条鱼游回窝时,便会用尾鳍摆动着整理那些零乱的苇秆,这时,几把钩就会同时搭住了它。钩是拴在旁边的苇子上的,鱼只有束手待毙了。

黑鱼是淡水中最凶猛的鱼类,以小鱼为食,黑鱼多的年份,其他的鱼就会明显地减少。于是每年春天,叉窝便成了渔民们必然的劳动。一过四月,那些没有被发现的窝便在阳光的帮助下孵化出许多条小黑鱼。它们在父母的监护下游出苇地,在平滑的水面上,很远就能看见它们成百上千条地游动,使水面都涌动了起来。渔人们用一种有手柄的抬网插入水中,有时一下就能捞上几百条小黑鱼。这时,如果你注意观察,一定能发现游弋于船四周的那条大黑鱼的踪迹。

春天,其他的鱼类也完成了自己的繁衍。苇子越长越高,浅水中的藻类越长越密,水乡在不知不觉中已进入了夏季。

五　月

　　到了五月，渔民们不分昼夜地在大淀里忙碌着。壕沟边坐上了一排排的虾篓；大淀里扎起了一圈圈的苇箔；打网的船在水面上往返行驶着，他们敲打着船头上的一块钢板，发出叮叮当当的声响。受了惊吓的鱼，在夺路而逃时便撞在了粘网上。苇子已经长了半人高，水鸟出没在苇丛中。它们也忙碌着搭起了自己的窝。最小的鸟把窝架在苇秆上，大鸟把窝建在高出水面的苇地中，窝里铺了厚厚的苇叶。在浓密的苇丛中，谁也不知道那里到底有多少个"安乐的家"。

　　有时，孩子们撑了船到苇地里捡鸟蛋。大鸟在他们的头顶上飞翔着，发出惊恐的叫声。苇地那么大，那么多，谁又能走遍所有的地方。

　　鱼的繁衍期也在春天来临。白洋淀的人称春季的繁殖期为"桃花汛"。它是随着桃花的盛开而来的。

　　每逢夜深人静，在大淀的浅水域，你就会听见鱼群哗哗哗的戏水声。有月亮的夜晚，渔民们撑上船，驶向淀边的浅水中，逆着月光便会见成群的鱼在水中搅动，那些正在产卵的鱼在月光下一闪一闪地，发出银白色的光。

因为水浅，只好弃了船，手提着花罩，赤了脚向鱼群靠过去。将要临近时，紧蹿几步，便一罩按下去，如果幸运的话，一下可以罩住三四条大鲤鱼。鱼在水中力气极大，弄不好有时会被鱼连人带罩顶翻在水中。

"罩淀"的夜晚水依旧是很凉的。人们披了棉衣，在船上静候着鱼群的来临。夜晚的大淀上静极了，除了风声，偶尔传来一两声夜鸟的啼鸣，划破幽暗中的寂静。远处村子里的犬吠声远远地传来，沿岸渔船上的灯火，一点儿一点儿地散布在水面上。近将黎明的时候，产卵的鱼群才渐渐散去。

在春天，淀里干活儿的人们就开始打了赤膊。即使在初春，风和日丽的日子，强烈的紫外线也会烤得表皮红肿。经过一个季节风吹日晒的人们，皮肤呈现出紫铜般的颜色，从远处看去，阳光下的人，仿佛穿了件红上衣。听说，以往女人们在淀里赶路，都是面向船舱而坐，因为不知在哪片苇丛的后面，也许就会转出一位赤条条的正在劳作的汉子。

初夏的淀水也是清澈的，渴了就俯身在船舷上喝上几口，水永远是清凉而甘甜的。紫红色的嫩芽正从水面下钻上来，有的展开了圆圆的叶片浮在那儿，有的还是小荷才露的尖尖之角。五月，大淀里的水生植物迅速地生长，每天都在改变着它们的形态。

孩子们从清明开始下水，经常戏水的皮肤，这时已挂上了一层淡灰色的水锈，摸上去光滑而结实。正午，村边的河道里经常可以看到，成群的孩子在水中嬉戏，他们一丝不挂的，如一群自由自在的鱼。

入　夏

　　春秋两季，是白洋淀捕鱼的最好季节。随着雨季的来临，淀水开始上涨，一些治鱼的苇箔渐渐被水淹没了。渔民们只好将它们拔起来，运到岸上晾晒，等待秋汛的到来。而逮虾的苇篓依旧成排地坐在苇地的边上。白洋淀的大青虾有两寸多长。无论怎样烹制，那股香味儿都会令人垂涎欲滴。从春到夏，河道里，苇地边，渔人们互不干扰，以独有的方式各自经营着。

　　苇子已经长得很高，船驶入其中，几步之遥便隐去了踪迹。千里堤上的大柳树也苍郁了起来，它们繁茂的树冠连成了一道绿色的屏障。方圆数百里的淀子，就在它们的环绕下与陆地分隔为两个世界。

　　大淀中几十个自然村落，星罗棋布地置身于芦苇丛中。它们大小各异，但每一个都是房舍密集、街巷狭窄的水中岛屿。而县城坐落在它们的西北角上，那个已不同于自然村落的小城镇，给人的印象，如同水乡一个蹩脚的发音，失去了自然而纯正的韵味。

也有些村子就坐落在堤岸的边上，比起水中的"岛屿"多了一条大堤上的旱路。但那些逐年形成的堤防，绝不比船行的水路更省时间。当地人似乎缺少旱路的概念，一次我从县城绕堤回村，出发时人们告诉我是十八里，走了一小时后问路，说还有十八里。白洋淀的大堤蜿蜒曲折，真是一座名副其实的千里堤。

透过夏日的阳光与空气，远处的堤岸像一条蓝色边线，与灰色天光融为一体。而反光的淀水是刺目的，常年驶船的人，眼睛眯成了一条线，鱼尾纹深深地刻在眼角上，那一张面孔，真仿佛是青铜铸造的。

如果说以淀为家，应该是放鸭人和卡船上的人家，他们是白洋淀上的"游牧者"。在那种类似江南的乌篷船上住的大多是一家人。桐油漆过多遍的船体是深褐色的，船舱内擦得很亮，船头船尾的木架上挂了许多粘钩和渔网，还有一个可移动的小锅灶，清晨或傍晚，徐徐的炊烟标出了他们所在的位置。他们随着自己的意愿在大淀上游荡，有时，他们的船也停泊在靠近村子的地方，他们的女人或孩子上岸买些生活必需品，更多的时候，淀水和芦苇才是他们更近的邻居。

初夏是卡船上的渔人和放鸭人最繁忙的日子。鸭群开始产蛋，此时的鱼也是最鲜美的。夏日的白云从天边上涌起，像一座座棉絮的山峰，它们倒映在水中，与蓝天绿水相间，苇子就显得更绿了，对整日在淀上劳作的人们，不总是风和日丽的天气，有时，也会风雨如磐，带来许多意想不到的不便。

夏日的暴雨往往是随着一阵狂风而来的，遇到这种天气，渔船都匆匆地躲进壕沟或苇丛中。风掠过苇地发出的啸声，很远就听见了，乌云黑压压地涌过来，淀水变成了一片沉郁的墨绿色，翻动盈尺的波浪，舵手让船斜迎着浪头行驶，水急促地拍打着船舷，溅起很高的浪花。盛夏的雨急骤地洒下来，淀子成了白茫茫的一片。

雨后的夏夜是恬静的，蛙声此起彼伏，风更多了一丝潮湿的凉意，星空格外明净，偶有流星划过，银河高悬在头顶，淀水黑沉沉的，仿佛比陆地更坚硬。

这已是荷花盛开的季节，白色与粉红色花朵使夏日的水乡，在一片碧色中增添了富丽与温情。

黄　　昏

　　黄昏是伴着归家的桨声来的，船只在村边的停泊处相互碰撞着，发出低沉而舒缓的声响，它们暗褐色的船体挤在一起，失去了主人驾驭中的生机与灵气，无可奈何地漂在黄昏的水面上。这样的"码头"在水乡随处可见，人们将船头上拴有短绳的木棒插在河岸上，便扛着桨回家了。

　　淀子的远处，夕阳下闪烁的水面渐渐变成了几条狭长的光波，最后，消失了明晃晃的金属的光泽，归于一片灰色的沉静。村子里的炊烟也渐渐消失，那股苇草燃烧的气味变得越来越淡。

　　当灯火在每一个窗口闪动，淀上那些小小的水乡村落，仿佛寂寥天空中的星座，几粒星光般的灯光，闪烁着，标出了它们所在的位置。村子那么小，只有一条街，长不过百米，房子挨着房子，像城里的大杂院，邻里互答，人密集得像大淀里的苇子。

　　那年秋天，我从家赶回插队的村子，因汽车晚点，赶到县城码头,太阳已经下山了。接我的船等得有些着急了,因十几里水路还得走近两个小时。黄昏的风吹得很凉,不能再像往日那样,只身躺在船头听舟楫的吱呀声。船在水面上滑行,四周一片寂静。船击起的浪花随着桨的起落,有节奏地拍打着船头。那声音听起来很美,像一组不断循环的卡农曲。船穿过水域开阔的大淀,直向村子驶去。西边天空淡紫色的云朵,转瞬间变为了灰蓝色,村子的轮廓成了一片剪影,村口那棵大树也融入了暮色中。远远看去,如同一只浮在水面上低垂头颈的大鸟,如果谁这时大吼一声,也许,它就会突然地展翅飞向黄昏的天空。

很远就能听到村里的嘈杂声了,接着就看见了闪烁的灯光。当船驶进村边的河道,便看见吃过晚饭的人,三五成群地聚集在村口岸边的空地上,秋天的蚊虫不再干扰闲谈的人们。如果是夏天,饭后,人们便会登到平顶的房上乘凉。淀里吹来的风,会使那些肆虐的蚊虫站不住脚。白洋淀的屋顶都是平整的,三面围着尺把高的子墙,平日里,它可以充当场院,堆放芦苇和粮食,夏天便成了人们乘凉的空中庭院。据说洪水泛滥的年月,船可以直接拴在屋顶的子墙上,屋顶便成了一片小小的陆地。因而,水乡的人们将房屋修建得很坚固,房子内外都是用石灰和砖砌成的,它们即使在水中浸上几日,也会是安然无恙的。

水乡的村子,就像一艘在岁月的长河里游动的大船,载着成百个家庭,浮荡在生活的水域里。而黄昏是这艘大船最温馨的时刻，人们从四面八方归来，汇入炊烟袅袅的村子。母亲呼唤孩子回家吃饭的声音，从村子这头传到村子那头。那叫声在一片低沉的旋律中显得格外的明亮与高亢。那声音让异乡的人想到了远方的家。

　　此刻，月亮正从水面上升起，波光闪烁，倾诉着黄昏里许多让人动情的往事。

问　秋

　　盛夏刚过，一切都变得苍郁了起来。苇子不再长高，顶上吐出了暗红色的缨子。水位缓缓地下降，苇秆下端留下了一道明显的水线。荷花已露残败，荷叶依然青翠，重重叠叠地遮掩着水面。藕正在水下的泥土中茁壮地生长着。

　　野鸭群到了最繁盛的季节，小鸭子长全了羽毛，与它们的父母一同在天空翱翔，又成群地在水面上游弋。大的群落足有上千只，飞翔的鸟阵也是壮观的。

　　猎人们穿了橡胶的连衣裤，在水中推着平底的、专门用来打猎的"枪排"，隐蔽在苇丛与荷叶下，悄无声息地向前推进。两支枪口黑洞洞的，直视百米开外的鸭群。那被称为"大抬杆儿"的火枪，是用生铁铸成的，枪体一丈有余，两支并排架在船的中间。大的一端有小碗口粗，类似我们在明清博物馆里看见的那种火炮，只是细长了些。当鸭群进入射程后，猎人连续点燃了两支枪的火药捻儿，便大吼一声，鸭群在震惊中抬起了头，第一支枪的霰弹就铺天盖地地压了过来。那些有幸飞起的野鸭，随着第二支火枪沉闷的钝响，也纷纷坠落在水中。两支火枪有时一下能击落近百只，于是，几分钟前还自由自在的野鸭就堆满了枪排。那种杀戮是残酷的，让人不忍目睹。

农历七月一到，淀里的植物都开始成熟了。菱角、莲蓬、鸡头米到处都是。女人们带上孩子，撑了小船，开始了一年一度的采摘。鸡头米外观并不好看，褐红色的外壳上长满了刺儿，形状像个毛没有燎尽的死鸡头。壳里面像石榴一样长满了一颗颗圆圆的果实，去了外壳，里面的鸡头米像一颗颗珍珠，吃起来有一股淡淡的甜味。淀里的菱角长得很小巧，呈三角形，两边的角尖尖的向后弯着，样子很好看。它小小的花叶子浮在水面上，成熟季节叶子变成了淡紫色，平平地铺展开来，像一片形态美丽的图案。用手轻轻地翻开叶片，下面挂着许多小小的果实。采摘的季节只有一个月，到了农历八月，它们就会脱落到水底，成了明年的种子。淀里的植物就是这样生生不息地繁衍着。它们的生命力旺盛得惊人，即使干涸了数年，只要有了水，它们依旧会很快地布满了水面。大自然潜在的生机，仿佛也传给了这里的人们，他们对生活的追求从没有泯灭过。

初秋是随着盛夏的几场暴雨来临的，上游的雨水使淀子稍有些浑浊。但在初秋飒飒的凉风中，水很快就澄澈了起来。阳光也变得温和了，不再那么灼热、那么耀眼。植物的梢头悄悄地褪去了碧绿，变得浓厚了，有的已经开始泛黄，大自然的色调渐渐饱和了起来。一种成熟的美，给人们带来了寂静与安详。

也许，人的内心世界与大自然是同步的，如同那些在风中、雨中摇曳的植物，当我们真的步入了生命的秋天，一切都变得成熟而明净了。而水乡的内韵或许更为悠远而沉着，我相信在我生命中，一定有它所给予的。

收　　割

　　大风把淀水吹成了暗蓝色，已经枯黄了的芦苇在风中起伏着，发出飒飒的声响。深秋的水在风的拍打中，变得黏稠了起来，篙插入水中，提起来便挂了一层薄冰。这时行船得格外小心，一旦滑脱了篙，船就会随风漂去，如果没有船只相救，不知会漂到哪儿去。在这种天气里，整个大淀上已经很少有船只往来。有时，一夜北风，淀水便凝结在一层薄冰中了。

　　这是人们抢收芦苇的日子，寸草如寸金，如果结了冰，两三尺长的苇秆便白白地扔在了水里，封冻后的冰层在水的涨落中移动，冰面下的芦苇便被拦腰切断，最好的苇子也只能烧火了。在白洋淀，除了罱泥就得算"套苇"这种活儿最苦了。清晨，人们撑上结了一层薄霜的船，驶进那些离村子比较远的水域，把船停在苇丛中。用大镰站在船头上收割是一门很高的手艺，苇子在一丈多长的镰杆的挥动中，自动围成一束，操镰人用刀口轻轻一搭，苇束便倾倒在船舷上，助手将苇子提上船，捆好后码入船舱中。装满苇子的船体比往常大了几倍。如果顺了风，这种浮载的船只需把握住方向就行了。如果遇到逆风，撑船人只好和老天抗衡了。

白洋淀的苇地分为三种。那些靠近村边的，在多年的培育中，形成了一块块整齐的台田，每年，收割过的苇地上覆盖了一层厚厚的叶子，与芦苇多年生长的须根纠结在一起，像是一块松软的大海绵。脚踏下的地方，水很快地浸上来，一会儿又恢复了常态。春天，人们在四周的壕沟里罱泥加在上面，苇子会长得更好，地势也逐年增高，渐渐地便高过了水面；那些生长年代较少的苇地，根部低于水面。到了收割的季节，水渐渐退去，苇秆上明显地标出了夏季水位的高度，水也变得很浅，有的仅仅几寸深，深的不过一尺上下，船驶不上去，人们只好在浅水中收割。踏破深秋的那层薄冰，水刺骨的凉，几个小时干下来，脚冻得通红，收工上到船上，像安在腿上的一只假脚，完全失去了知觉。倘若没有打苇子穿的那种牛皮套鞋，脚踝上会被薄冰划出许多条伤痕。比起在船上收割的活儿，它是另一种滋味；那种深水中的苇地，有些是自然繁衍起来的，有的是刚刚栽种了一两年的苇子，渐渐连成了片。白洋淀的苇子真是无边无际，它们就像这水乡的人们一样，充满了盎然的生机。

抢收的日子只有短短的数日。深秋的几场大风便使湖面结上了冰，船都被拉上了岸，倒置在苇垛间的空地上，等待下一个春天的到来。这时的水乡村落便成了一座座孤岛。一冬一春，人们总要经历这种封冻与解冻的日子。

提前购买好一切生活用品，像船只进港守风一样，人们只得滞留在村子里。织好的苇席一捆捆地堆积起来，等待着冰层能承受住运载与行走的压力时，孤岛便恢复了与外界的交往。新苇子织成的席是淡草绿色的，散发着苇草的清香。男人们用特制的刀具将苇子破成眉子，初冬的太阳依旧是温暖的，在背风又向阳的地方，人们坐在一起，一边干活儿，一边寻找着那些共同的话题。

　　天渐渐冷下来，冰层越结越厚，黄昏的淀子上时常会传来冰层冻结的轰鸣，它预示着真正的冬天已经来了。

冬　日

　　初冬的冰层光滑而明净，像一块柔韧而巨大的玻璃。几乎能看到水下所有的藻类和游动的鱼。整个大淀因水流的变化，冰层结得有厚有薄。有的地方几乎一个冬天也不结冰，留下一块小小的水域，有的小到仅有两平方米的面积，当地人称为"闪眼"，这是一个很具象的名字。偶尔也有一两只滞留下来的水鸟在其中游弋，使人想到安徒生的"丑小鸭"。也许它们还没有等到变成天鹅，已被踏冰而来的野兽捕捉了去。但我希望它们是幸运的。

　　冬天的水乡总是灰色的，迷蒙的晨雾使初升的太阳变得胭脂般的红，它在那些挂了一层雾凇的树木间冉冉而升，而后，变成苍白而明亮的一轮银盘，悬在人们的头顶。即使是正午，那光线也似乎过于遥远，失去了应有的热度。当黄昏来临，天气越来越冷，时常听到冰层断裂的轰鸣。如果此刻在冰面上行走，那声响有时会从你的脚下滚过，比夏季的雷声更令人恐慌。涨水的冬季，冰面断裂开很长的缝隙。而降水的季节，大淀上会积起几公里长的交错的冰块，高达三四尺，倾斜地横亘在那儿，像一道道矮墙，阻隔着冰上之路。

白洋淀冬天的交通工具不再是船，而是一种有丈余长，形状像梯子似的冰车，人们称之为"拖床"。在它木制的框架下有两条钢滑轨，如同两把特大号的冰刀。在光滑的冰面上，它行驶起来快捷而轻便，比水中的船快了许多倍。

冬季是白洋淀农活儿最繁忙的时节。冰冻到半尺厚，冰上收割芦苇的活儿就开始了。人们用一种在冰面上推动的铲刀，齐冰面将芦苇铲下来，那刀刃有一米宽，一块很大的苇地，只要一会儿就变成了一片冰川。人们将成捆的苇子装上"拖床"，这满载的冰车像一座小苇垛，初冬的冰面很滑，只要一个人就能拉动它。如果顺了风，几乎不用费任何力气，就能送回岸上了。如果是逆风，便要像纤夫似的弓腰拉着前行。为了能踏住冰面，鞋上绑了"脚齿"，手中拄着一种像钩连枪似的撑冰车的杆子，即使这样，也不比划满载的船更省力。

空载的时候，人便站在冰车的末端，用冰杆锋利的铁矛向后撑，冰车便会飞快地掠过收割过的、更加开阔的冰川。冬天的淀子上，到处可以看见这种快捷的运输工具。最壮观的是赶年集的行列，有时，几十架冰车一同出行，上面铺了苇箔，女人和孩子们穿着厚厚的棉衣，有的还围了棉被坐在冰车的前边，小伙子们吆喝着飞驰在空旷的大淀上。如果降了雪，冰川一片银白，路便不能随意而行了。只有沿着多年行走的冰道，那才是最安全的。远远望去，那鱼贯而行的行列，在茫茫的冰雪上留下了一幅辽远而抒情的画面。

冬天的旷野是那么静,似乎把所有的声音都吸走了,那些破冰捕鱼的声音,传不了多远就消散在潮润的空气里了。远望冰面上那些小黑点儿在无声地移动,他们用冰锥把一两尺厚的冰层凿开,冰洞连成一串,网从一边拉向另一边,捕捞的鱼堆放在冰面上,很快就冻得像冰块一样硬。整个大淀是灰色的,远处的堤岸在雾气中那么飘渺,会使你想起果戈理笔下的俄罗斯原野。"冰雪遮盖着伏尔加河,冰河上跑着三套车。有人在唱着忧郁的歌,唱歌的是那赶车的人……""一条小路曲曲弯弯细又长,一直通往那迷雾的远方……"在我们插队知青中,经常能听到这些歌曲。那是20世纪70年代的乡村,内心的煎熬使人们失去了对生活的追寻,而我们这些从城市的沸水中暂时逃离的人,在感伤中似乎找到了些什么。在白洋淀这片特殊的土地上,确实涌现了一批新时期的诗人,也许这正是时代与大自然对人们的另一种给予吧!

诗人散文
SHIREN SANWEN

水乡札记（往事篇）

深情的怀念

已经十六年了，我记得我离开这儿的时候是个隆冬的季节，阴霾的云层使人感到雪即刻就会降临。那时候，所有人的日子都过得没有生机。一个人离去，对这个世界不会产生任何意义。在这个生活了六年的地方，我踏上离开县城的路，一走就是十六年。

不是没有情感的牵挂，不是没有朋友的怀念，多少次交谈中的回顾，多少次书信中的怅然……这些年我曾走了许多远在千里之遥的城镇与山川，但这个近在咫尺的水乡湖泽，一直是我心中的一颗明珠，我珍爱它，因为在那儿我曾度过了六年青春中最宝贵的时光。

不记得是哪一年的秋天，我去诗友芒克那儿小坐，室内寂静，一种感伤突然慑住了我们。真想再回到那些孤独而忧伤的插队生活中去。这种情感的冲动同时让我们的眼中都浸满了泪水。那些日子虽是痛苦，但生命中充满了抗争的力量，青春的躯体总是储满了渴求。歌声是发自肺腑的，泪水是热的，血流得也汹涌。

今天，当我又踏上这块土地，汽车拖着烟尘开过我熟悉的县城街巷，这里正值盛夏，旅游者的足迹使这曾沉寂了多年的地方，突然喧噪了起来。七月灼热的风，吹过了许多地方，也吹到了这块土地。

送我们走上水乡之路的小伙子也就二十岁，脸色微黑，结实而精干。他用手拍着自己的快艇说："你们坐坐我的美国'海马'吧！"我想我离开这儿时，他还是个刚刚记事的孩子。

我们乘坐的快艇翻起白色的尾浪，飞快地穿过两边芦苇丛生的沟壑。转了几个弯之后，迎面驶来了一只重载的木船。船公向我们的舵手连连摆手，快艇熄了火，缓缓地向前滑去。那只木船上摇桨的是一老一少，水几乎平了船舷，悠悠地驶过来。老船夫似乎脸上略带愠怒，年轻的却直盯着我们，船擦身而过之时，我突然记起了以往淀上船只相遇，人们之间那种示意与亲情，这些质朴的情感已深深地印入了我的心中。而今，快艇的马达声冲破了往日淀水的寂静。芦苇很快地向后闪去，只留下一片朦胧的绿意。

插队那些年，我们常常在东关的码头上搭船去其他水乡村落。当时的白洋淀有三百多位北京知识青年。每逢赶集的日子，许多人聚会于县城，然后又分散到各村游玩。只要你在码头上喊着要去村子的名字，就会有人招呼你上船。那时，淀子上静极了，偶尔传来一两声火枪的钝响，远处的苇塘上飞起一群野鸭子,盘旋了一阵便消失了。水平稳得如一面镜子,清澈见底。一路上与老乡们攀谈,有时倦了就只身躺在船头上睡一会儿。阳光直射,耳边响着舟楫有节奏的吱呀声。

那会儿船都是生产队的,每到集日,队里派上几条船进县城拉国家配给的口粮,于是总有一群大姑娘、小媳妇在村口等着搭船去赶集。村子小得如城里的一个大杂院,村东喊,村西都能回应,唯有县城是一个有十字街的热闹去处。我们大都搭这种船,挤在老乡和装满白薯干与高粱米的麻袋之间。水乡的空气干净得能嗅出青苇子的苦涩,有时也夹杂着一股股发霉的白薯干的气味。

知青们吃的和老乡们一样,只是更草率罢了。我们经常受到的招待是贴玉米面饼子、水煮白薯干汤。当然,有时还有从渔船上要来的鳝鱼,老乡们总是用它喂鸭子。我们将其囫囵剁成段,放在贴饼子的柴锅里,便做成了美味的"清煮鳝鱼段"。也许是年轻,那时心中总是充满了激情。几个朋友凑到一块儿,整夜清谈,没完没了地争执,生活中那些具体而繁杂的苦恼就都不复存在了。

在白洋淀的那些岁月,正值"文化大革命"的中后期,从城市到农村,从一个青年学生到一个独自生活于农村的人,这种经历本身就有多少值得回味的内容与情感。在它的背景上还有社会的动荡与家庭的磨难,这一切,使一代人的身心陷入了最最激荡与不安的境地。我们不仅关注着自己的命运,更时时地关注着这个时期社会的一点一滴的变化。将一腔的热忱,聚集于青春与生命之中。在那些日子里，我写出了我的第一首诗。在那儿我结交了许多有才华的青年朋友，也是在那儿，我理解了对我们这一代诗人都产生过影响的诗人食指（郭路生）。他的那些唱出了一代人心声的诗句，至今仍能使我热泪盈眶："当蜘蛛网无情地查封了我的炉台／当灰烬的余烟散发着贫困的怨哀／我依然固执地铺平失望的灰烬／满怀着希望写下：相信未来。"（《相信未来》）在油灯昏暗的小屋里，朋友们噙着热泪在倾听："不，朋友，还是远远地离开吧！／离开这再也掀不起波浪的海／我噙着热泪劝你／去寻找光辉灿烂的未来……远远地离开吧／只留下我自己沿着再也掀不起波浪的海／蹒跚地踱步、徘徊！"（《海洋三部曲》）。这情感如今已经那么远了，那是二十年前的往事，当我们沿着蜿蜒曲折的千里长堤漫步，当我们在那些堆满柴草的院落中畅谈，我们并没想到今天，没有想到多年之后的人们已经记下了那些名字，那时的追求是出自生命中最纯真的向往啊！如今诗人郭路生已患病多年，在一所精神病疗养院里孤单地度日。几个月前，几个诗人朋友把他接出来住了几日，诗人真挚的情怀依旧存有那些年岁月的震荡，他那虔信的诗情，相对如今一些青年诗人们浮躁的诗句，使我突然感到了一种情不自禁的逝去感。也许郭路生确实成了那个时代为诗歌伏于地上的第一人，也是我们这一代人中以真情抒怀的最后一个浪漫主义的诗人。

在白洋淀这个小小的地方，出现了一批诗人，许多追求文学的朋友们都曾与白洋淀有过联系。芒克在那儿歌唱过"月亮和土地";根子在那儿写出了《春天与末日》;多多说:"过去了,逝去了／许多年代过去了／历史也像一辆风尘仆仆的马车／我们再也看不到故乡了。"还有方含的《谣曲》,宋海泉的《流浪汉之歌》以及与白洋淀有过密切关系的诗人、作家,如江河、甘铁生、郑义、袁家方等。

我记得那年秋天,江河在我居住的那间小屋里,写出了他最早的诗句。我还记得在千里堤上的那个小村落,多多讲述他对现代诗的认识。那时,现代主义的思潮已与我们的生存现状产生某种潜在的联系。

一晃就过了二十年,许多朋友已远在异国他乡,有些朋友因多种原因已不再从事写作。但这些记忆确实和这一代人的经历联系在一起了。"历史这辆风尘仆仆的马车"已运载我们走过了多少年。

码头上的那些船只已不再是当年那种感觉。它们大都是与游客讨价还价的"客船"。听说现在还有了专程运客的班船。免费搭船已经成了历史。码头上的机船、汽船,还有五颜六色的快艇排满河岸,风吹芦苇人已去,已非时事自怅然。

当运载着我的快艇疾驰过那些熟悉的村落,当年朋友们的音容笑貌又浮现在我的脑海中,那些青春的岁月,那些感伤的岁月,那些阳光、雨和雪,那些乡亲们亲切的关怀都历历在目。如果讲当年水乡的情调对于我是长笛与圆号吹奏出的如泣如诉的卡农曲,而今天,只有"摇滚乐"混杂在一片夏日的热浪中。

真怀念水乡深处那寂寂的渔火与闪动的星光啊!

注：这是20世纪90年代初，第一次返回白洋淀写的一篇随感性的文章，在这里将它作为《往事篇》的第一篇文字。这篇短文中提到的一些人与事，在后面的文字中有一些还会再次提到，时间过了半个世纪，那些青春的岁月，那些往事依旧没有淡忘。

走入水乡

1968年我们是在不断的告别中度过的，许多同学、朋友离开了北京，有的到了东北，有的到了陕西，有的去了内蒙古或云南……北京火车站送别的场面是悲壮的，站台上挤满了送行的人们，有白发苍苍的老人，有中年的父母，有年轻的同学或兄弟姐妹。车窗口挤满了探出的头和挥动的手臂，列车开动的瞬间，呼唤和哭泣的声浪几乎能将整个车站掀翻。想起诗人食指的诗《这是四点零八分的北京》："这是四点零八分的北京／一片手的海浪翻动……北京站高大的建筑／突然一阵剧烈地抖动／我双眼吃惊地望着窗外／不知发生了什么事情／我的心骤然一阵疼痛……一阵阵告别的声浪／就要卷走车站／北京在我的脚下／已经缓缓地移动……"食指的诗写出了一个离开北京的青年学生的心态，那些送别的场面深深地印在了我的心中。

从1968年的夏天到1969年的春天，我拒绝了两次到陕西和东北的下乡分配，与几位朋友多次到白洋淀实地考察，最后决定自行到这个被称为华北明珠的水乡插队。

那年夏天，我遇到高中同年级的同学崔建强，他说他和几个朋友已经联系好了到白洋淀插队，说他们去的村子人数已经满员了，我如果想去，可以自己去那儿的县城联系。那是"文革"中期，只有占据县城的一派接收下乡知青。于是我找到同班同学张大为，商议一同到白洋淀联系插队。我们询问了大致的情况，做了一些简单的准备，带上水、干粮、一些钱、一些粮票、手电筒，我借了一辆自行车，与大为开始了第一次往返京城与白洋淀的三百六十公里的里程。

我们沿着京广线，经丰台、窦店、涿州、高碑店、定兴一路向南，到徐水转向东，经三台镇再到安新县城，整整骑行了十二个小时。回来时走同样的路线，遇到很大的西北风，有时只能推着自行车前行，回程用了十六个小时。那年我们十八岁，正是精力最旺盛的年纪。因为长时间的骑行，下车时人无法站稳，摇摇晃晃险些摔倒，缓了许久才能正常行走。那天从清晨出发，到达白洋淀县城时已近黄昏，我们举目无亲，沿着县城东关码头的大堤走到了大张庄，向一位带孩子的中年人打听，附近有没有可以住宿的地方。他看我们是两个不谙世事、疲惫不堪的小青年，就把我们带到了自己家里。招待我们吃了晚饭，还留我们在他家里住下。后来我仔细想，我之所以下定决心到白洋淀插队，不仅是因为孙犁对它的描写，也不仅仅因为是这里是北方唯一的物产丰富的鱼米之乡，是因为这位朴实的白洋淀人，让我深深感知了这里人们的善良与真诚。因为当时太年轻，只知道一再地感谢他的招待，只知道他姓张，没有记下他的名字。第二次来时，面对一片相似房屋的村落，几经打听，怎么也找不到那户人家了。时间长了，这在我心中仿佛成为一个故事，一个幻觉中的故事，仿佛一个救助过他人的仙人，做完好事，人和房屋就消失在白洋淀水天一色的浩渺中了。

第二次的考察，有两位女同学也加了进来，因为她们骑行得慢，还没到县城，天已经大黑了。我们只好在半路上找了一家大车店住下来。大车店是一片场院，几间土坯房。店主让我们男女五人住在一条铺了苇席的土炕上，好在天气不冷，我们和衣而卧，吹灭油灯后，劳累中的我们刚刚要入睡，突然觉得后脖颈火辣辣地疼，急忙起身用手电一照，只见许多臭虫四处逃窜，再细看，房顶上，泥皮墙的裂缝里，到处都是臭虫。我们的惊叫，惊动了店主。他说，这房子已经很久没人住了，这些饿极了的臭虫终于等来了你们这些可口的荤腥。

屋里实在无法睡了，店主让我们打开了一捆新的苇席，铺在场院的两辆马车的下面，再围上两张席子，搭成了两个简易的窝棚，以遮住夜半的露水，我们就那样度过了骑行了一百多公里后的劳累的一晚。

第三次去时，距县城还有六十里路，天突然下起了纷扬的大雪，最后的十几里路因为积雪太深，我们只能推车步行。雪深没过了鞋面，到达县城时，裤脚和鞋袜子都湿透了。我自行车一侧的脚踏板，也不知什么时候，掉落在了那一片雪地里。

考察中，我们也曾到过几个已经入住到村里的知青集体户，因为也是刚刚入住，他们的生活条件十分简陋。房子是临时借用的，低矮破旧，有的只是睡在铺了麦秸的地上，门窗也是破损的，那种艰苦是现在的人们无法想象的。有一次到了一个村子，正赶上午饭时候，为了招待我们几个不速之客，主人拿出了从北京带来的以应不时之需的挂面，煮了一锅，没有调料，每人撒一些盐，为了更有味道，主人又拿出了一包味精，每人加上一些，就这样解决了一顿"客饭"。

同我一起考察的几位同学，也许是路程的艰难，也许是因为生活的毫无保障，只有我留了下来，甚至迁了户口的两位女生，后来也都转到东北兵团去了。因那时候当地两派武斗，接收我们的人一时回不到村子里，他们在县城"搞革命"，我们也无法下到村子里。办好了户口和插队的手续，我又在北京等候了几个月，"文革"中的两派都被部队收缴了枪支，派性斗争缓解了，我也可以入村了，为了不孤单，我将哥哥也办到了白洋淀，于是，北何庄有了我们两个来得最早的知青，我被分到一队，我哥被分到了六队。

那段近一年的考察期，我了解了白洋淀的基本情况，这里是北方唯一的鱼米之乡，芦苇是它的主要经济作物，芦苇多的村子收入就多。我走了白洋淀的许多地方，那时因为连年干旱，淀里水位很低，浅水区域已经干涸了，有些村子不用坐船，骑车就能到达了。记得有一次，我们从安州向北，经干涸的藻苲淀，穿行过我后来插队的北何庄，那时因为还在考察之中,并没有一个固定的目标,也没有认真地观察村子的情况,只记得穿过村庄时,推车经过了一道很深的沟,后来才知道那就是漕河的主河道。以后我多次坐船从这条河穿过水波荡漾的藻苲淀,抵达县城的南关大桥,再搭其他的船只,到淀区其他村庄的朋友们那里去。这些都和一条曾经干涸了的,冥冥之中相遇的古老的河道相关。

1969年夏季多雨,白洋淀又蓄满了水。深秋,我们从安州上船,经八里水路,第二次踏上了北何庄的土地,在我青春最美好的年华,在这个小小的水乡村落里生活了六年。那些给予了我许多帮助的乡亲们,那片生生不息的养育过我的淀水,那些在风中起伏的芦苇,那些清晨或暮晚,都在我的心中。这里也成了我写出了第一首诗的第二故乡。

最初的劳作

插队生活的初始是艰难的，一切也都是陌生的，不会农活儿，不会撑船，一切都要从头开始。我们的房子是村委会帮助借的，屋里空空的，什么都没有，我们只能白手起家。在热情的乡亲们的帮助下，总算渐渐安顿了下来，有了锅灶，有了碗筷，有了油灯，有了可以吃饭和看书用的炕桌，从小卖部里买了油和盐，简单的生活就那样开始了。

第一天下地干活儿，是在结了一层薄冰的浅水中收苇子。为了防止被用镰刀割过的苇茬扎脚，老乡们大多穿了一种用老牛皮做的靰鞡套鞋，我只穿了一双橡胶底的球鞋。下船时老队长告诉我，在割过的苇地里，用脚搓着向前走，就不会被扎了。我干的活儿是将捆好的芦苇一捆捆地扛到船上。水不深，刚刚没过脚踝，但结了冰碴儿的水很冷。我和队里的小青年们比着干，老队长一直看在眼里，中午休息时，他大声地和会计说，这小伙子干活儿不惜力，他的工分和整劳力一样，记十分。

因为我在中学时的刻苦锻炼，身材虽不高，但很健壮、结实，干这种不需要技术的活儿我一点儿都不吃力。半天干下来，上船时，我的双脚冻得通红，用手一摸，一点儿知觉都没有，像是摸到了一块冰凉的石头。后来比我大几岁的德增哥带我做他一条船上干活儿的搭档，我渐渐地学会了一些水乡的农活儿。

北何庄位于白洋淀最西边的藻苲淀和鸪丁淀，是方圆四十平方公里淀区中唯一的村子，除了河道和壕沟较深，四周多为一米左右的浅水区，芦苇很多，村民收入在整个白洋淀是名列前茅的。这里下淀干活儿行船的工具是竹篙，北何庄单篙挑的行船技艺是白洋淀最著名的，"北何庄的篙，王家寨的棹，大田庄的单棹摇。"它同"金圈头，银淀头，铁打的采蒲台"一样，是白洋淀的民谣，一个是讲使船的方式，一个是讲经济收入。那时的北何庄与郭里口并不比那三个上了歌谣的村子差，都是因为被人们称为铁秆庄稼的芦苇多。北何庄的人们只有在去县城或到淀区其他村子走动时才会用到桨。桨被白洋淀人称为棹。大约有半年的时间，我行船撑篙的技术就十分熟练了，而在去县城的路上，我总是抢着在船头上摇桨，那种随着桨声的吱呀，水花有节奏地拍打船舷中的前行，对于年轻的我，是并不吃力的劳作。有经验的长者用船尾的后棹掌着舵，年轻人轮换着划前棹，天气好的时候，到县城的十五里水路，一个多小时就到了。

白洋淀的人们下淀干活儿一般是两人一组，撑一条船。一个队里的船同时出工，有时一个十几只船的船队驶离村子，一个坐在船头,一个在船尾撑篙,船队在台地的壕沟间一会儿出现,一会儿又隐于芦苇丛中,还真有些诗情画意。但水乡的许多农活儿也是很劳累的,人们一年四季在风雨中奔波,那种辛劳我深有体会。

如摘河泥,将壕沟底部的淤泥挟到船舱里,再用大勺从船舱抠出来上到芦苇的台地上,这是给苇地施肥的活儿,只有经常施肥,芦苇才会长得更好。这种活儿,如果没一把子力气是根本做不来的。

如套苇,用一把一丈长的、长杆的大镰刀,站在船上将芦苇割下并拢成一束,再用镰刀搭到船边,由助手捆成捆,码放在木架上。收芦苇的季节,已是深秋,船舷上结了薄薄的冰,又冷又滑,不小心就会掉进冰水里。遇到大风天,迎风撑着满载的一船芦苇,需要用尽全身的气力,才能将芦苇运回村头的场院里,村民们风趣地说,大风天撑船,那是在和老天爷比力气。

还有入冬后在冰上收芦苇,冰拖床就代替船做了运输工具。高出冰面的台地上的芦苇,要沿着河道用拖床运回村头的场院中,垛成高高的苇垛。为了拉冰拖床时不打滑,我们在棉鞋上绑上金属的脚齿。空载的拖床,用带铁矛的冰杆可以在冰面上撑得飞快,装满了芦苇的冰拖床拉起来就如同爬山一样艰难了,人弯成弓形,绳套勒入肩头,脚齿和冰杆撑住冰面,人一步步向前,如同拉着一座芦苇的小山。

水乡的冬天是繁忙的,所有的芦苇都要加工整理,梳叶,分类,打捆、上垛,一干就是一整个冬天。开春前似乎倒有些清闲了,春节过后人们开始整修船只,那标志着又一年的到来。而后还有水稻育秧、插秧、下网、扎箔、下篮等治鱼的劳动。

有些更需要技术的活儿,只能是有这门手艺的人才能做得来,有一些是家传的技艺,如扎箔、用大网罩、下卡、放鱼鹰、养鸭子,等等。我在德增哥的帮助下,学会了一些普通的水乡的劳作,渐渐融入了劳动者的行列。不但能熟练地撑船,一百多斤,一丈多高的苇捆,我也能轻松地扛起,并自如地在船上行走。

六年后,我离开了那里。当我再回北何庄时,德增哥因中风已经不能说话了,他认识我,但不能表达,这让我十分的痛苦,第二年他去世了。那年我写了一首纪念他的诗,题目就叫《德增哥》:

> 当我写下这个名字/心中就闪现出你许多个愉快的笑容/但最后一个形象是让人哀伤的/你看着我 相识 但已无法表述/不再是那个谈笑风生/幽默而愉快的德增哥了//我一生都不会忘记几十年前那一幕/在村子北面开阔的大淀上/十一月的寒风掀起了墨绿色的波涛/冷 让即将冻结的淀水变得黏稠/我们每人一条船运柴草回村/我看见德增哥在喊/但大风吹走了所有的声音/我被冻得发僵的手没有握紧/结了一层薄冰的竹篙突然滑落水中/船转了向 不知将被吹向何处//那是一件性命攸关的往

事／德增哥是如何捞起了竹篙／赶过风　将我的船牢牢地稳住／我完全没有看清楚／我是一个幸运的人／在插队生活的第一年里／是你主动要求和我做一条船上的搭档／一个没有任何农活儿经验的生手／得到了近乎兄长一样的呵护／／德增哥　时光一晃三十年／你的女儿们都已长大／最小的儿子也已成家立业／当年那个算命先生说你犯了九女星／但你不认命　依然是一个／身强力壮充满了快乐的人／在清贫的年代里养活着一家人／／我离开白洋淀的那些年／世事风云　白云苍狗／当我们再次相见　谁知竟也是永别／当年那场让淀水结冰的大风／依旧在我的心中低吼／当我们在村口拴好船／你说："这种天气里行船／篙就是我们的命"／／德增哥　细细想来／这些年无论风狂雨骤／生活中　我再也没有失过手

——2018年6月16日

德增哥是个性格爽朗，谈笑风生的人，喜欢说笑话，喜欢和他人斗嘴皮子，但他为人热情、善良，是他主动要我做他一条船上干活的搭档，我是个什么都不会干的生手，刚刚开始学习撑船，下地的路上都是他载着我，好像我是师傅，他是徒弟。正如诗中所写到的，德增哥曾在危难中救助过我。

三十六年后，他告别了这个世界，但那些往事，我是不会忘记的。

五月的鲜花

那年初冬,我和哥哥到县城办有关知青补贴款的手续,回来晚了。我们第一次独自踏冰回村。刚刚冻结的八里冰路潜藏着许多危机,我们小心翼翼地探寻着走,绕过因水流冲击还没有冻实的冰层,绕过一片片残留的芦苇,离村边还有几百米时,我们有些放松了警惕,穿出一小片苇地,我便一脚踏空了,水一下子淹到了胸部,多亏我身手敏捷,一把抓住了一丛芦苇,翻身爬上了台地。因为是靠近村边,在绕村水流的冲击下,冰层很薄。那时,天已经完全黑了,向他处绕行也根本看不清冰面的情况。我们只好大声呼救,住在最近处的小延和他的两个年轻的舅舅,小群和承启,用大木榔头砸开数百米的冰层,撑船将我们接回了村里。那天天气异常寒冷,他们的船到来时,我浸了水的棉裤已经冻成了直挺挺的,不能回弯的两根大冰棍,他们把我直挺挺地架到船上,上岸后又直接架到小延姥姥家的火炕上,扒掉棉裤,盖上棉被取暖。那化险为夷的一幕,至今我都真切地记得,同时也记下了乡亲们的关切与深情。

白洋淀水乡一年有两个时间是不能出门的，一个是结冰期，一个是融冰期，人们提前就做好了生活的准备，这两个合起来有近一个月的时间，所有的人只能在村庄的小小的孤岛上困守。在白洋淀的许多村庄，都发生过因掉到冰水里死人的事。好在整理芦苇、编席、织网的活儿是可以在家里和场院里做的，而初冬也是这里人们最忙碌的整理芦苇的时节。

水火无情，白洋淀的人们深深知道这个道理。风雨天在大淀上行船，人们都会自然地沉默不语，掌舵人凝视着风向和水流，他们知道敬畏才会平安无事。大风天，所有人的家里都不再生火做饭，因为村子里到处是芦苇，人们只能吃干粮度日。过节和婚丧嫁娶，对于烧纸、放鞭炮，都有很多防范的规矩。因为确实有过大火烧掉整个村子的血的教训。

小延的父亲老冉叔是我的忘年交，在白洋淀那些年，我们两个经常一起谈天说地。老冉叔是同我父亲一辈的人，年龄也相仿，他们年轻时抗日战争爆发，凡是有血性的男儿，都加入了抗日的行列中。对那个时代，他们有着深深的记忆。我经常听到父亲轻轻地哼唱黄河大合唱中的歌曲，那是他们的青春，那是他们那一代人的最刻骨铭心的青年时代。

老冉叔有过许多与众不同的人生阅历，是村里公认的聪明人，没有正经上过学，但识文断字，知识面很宽，走过许多地方，有很多不同于常人的见识。因此与他的交谈是有趣而愉快的。有一段时间，我们是邻居，吃过晚饭他时常到我的屋里聊天。一件破旧的黑色老棉袄，这也是白洋淀人惯常的打扮，在淀里干活儿，那件旧棉袄是多用的，既防寒又遮雨，有时在船上小憩，它就又成了临时的铺盖。棉袄经常是闪披着的，天凉了，有时也用苇腰子系紧腰部，以防风寒。老冉叔喜欢喝酒，那个年代，酒是稀缺物资，他有些办法，经常能搞到些。他有一个扁扁的金属的小酒壶，有时到我那儿聊天，他会从怀里掏出来不时地喝上一小口，一种很享受的样子。有时也劝我来一点儿，我那时不会喝酒，试过几次，用红薯干做的酒，又苦又涩又辣，还有一股发霉的味道，实在无法接受。老冉叔很少坐在炕边上，常常是坐在灶台边烧火用的苇草上，靠着墙，炕桌上的油灯照亮了他那张布满皱纹，但满含智慧的脸。多少年过去了，那印象还会经常浮现在我的记忆里。

有时谈得兴趣来了，他会唱起他们年轻时的抗战歌曲，他那沙哑而低沉的嗓音唱得深情而感人，一首《五月的鲜花》曾让我多次热泪盈眶。

多年后，当我听到老冉叔离世的消息，内心久久不能平静。于是写下了一首题为"五月的鲜花"的短诗，作为无法释怀的祭奠：

"五月的鲜花，开遍了原野／鲜花掩盖着志士的鲜血……"／他用沙哑的嗓子唱／他用轻轻的假声唱／他是我插队时的邻居／一件旧棉袄／用碾过的苇子束着／／时间过去三十年／那张布满了风尘但满含智慧的脸／时常在我的心中闪现／同我父亲一辈的人／他们在那个战争的年代／一个个热血青年／情感同五月的鲜花一样／开遍了祖国的大地∥在我的土炕边／在那些零乱的柴草上坐着／同我一个异乡人谈天说地的他已经故去／那些秋日那些春宵／五六个寒暑已经遥远／而一个人的歌声和对他的记忆依旧是清晰的∥如同白洋淀的秋风／在某些寂静的瞬间／忧伤地吹过我的心头

每当想起这些，那歌声就会萦绕在我的心中，白洋淀的风声和浪涛拍打船头的声音就会在我耳边升起。我们青春的岁月里的那些记忆，同父亲他们那一代青春的记忆虽迥然不同，但同样都有着青春的血的热度，因此，它们也都会感人至深。

在 堤 岸 上

  砦南，位于白洋淀主淀区中部的大堤上，村庄的东面是一望无际的大淀，一条从县城通向淀南的主航道穿村而过，西边大堤外有很少的旱地，是个以水域为主体的水乡村落，插队那几年，砦南是我去的最多的村子。

  我高中的同学崔建强，还有清华附中的宋海泉、刘满强等四位戴眼镜的书生住在那儿，白洋淀的朋友们都称他们为"四进士"。他们有几间盖在大堤上的房子，因为没有盖房的檩木，村里就用起拱的方式盖了几间窑洞一样的房子，房间跨度很窄，坐西朝东，大淀在前，视野开阔，四季风光变幻，尽收水乡风采。

  我曾在那儿画过《晨》《月夜》《堤岸》等几张很小的油画。因为他们居于白洋淀的中部，距县城十二里路，既有旱路，也有水道，交通相对方便，许多插队的朋友们都将砦南作为入淀的中转站。一些各地的朋友或北京到白洋淀游历的人，也将砦南作为了一个重要的落脚点。

我在他们那儿遇到过江河、甘铁生、陶洛诵、多多、赵金星等一些人。

砣南吸引我的是有几位可以随意交流的朋友，另外他们有一大木箱子几个人凑起来的书。在那个信息闭塞的年代，能听到一些渴望中的社会信息，能畅所欲言的一同谈谈对生活、时局、读书的一些想法，能借到自己想读的书，在当时，那真是一种难得的奢侈了。

在那儿，我们一同朗读普希金、波德莱尔、聂鲁达、洛尔迦、莱蒙托夫、泰戈尔的诗，也有唐诗、宋词，还有戴望舒、徐志摩以及我们同时代的诗人郭路生的诗。《相信未来》《海洋三部曲》《鱼群三部曲》《烟》《酒》等作品，曾是那样地令我们感动，他写出了我们这一代人的心灵之声。

在那儿，我读到了江河手抄并临摹了书中板画的苏联诗人梅热拉依蒂斯的诗集《人》。在那儿听甘铁生谈他和郑义在山西的生活，独自闯荡内蒙古阿荣旗的郑义所写的流浪日记，以及甘铁生自己的第一部小说《第四次慰问》。还有多多与大家一同讨论对现代主义诗歌的感受……

我到砣南经常是借书或还书，有一两年，几乎以每月为周期。我曾借过宋海泉一个自制的白皮的抄诗本，上面有翻译的现代诗，更多的是我们共同的朋友们写的诗或诗歌散句。我从上面抄了许多我喜欢的内容。那个本子印象中是回北京过春节时，一次去参加在他家的聚会上还给了他。后来这个本子他找不到了，就认为我没有还。因为喜爱和珍视，这件事当时成为了一个公案，他将此写入了那篇流传很广的文章《白洋淀琐记》中。

在这篇文章中，老羊（宋海泉的外号，因为他为人善良而温和，得此绰号）写有这样几段话："当我们在砦南安顿下来之后，张建中（林莽）首先来我村造访。""插队那几年里，建中曾多次来过砦南，有时是借还书，有时是看望朋友，有时过来写生作画，有时并不为些什么，就是过来聊聊，过来坐坐。""我们在一起天南地北地神侃，交流读书体会，建中常常只是注意倾听，在必要时才插上几句。他是一位质朴、诚恳、值得信赖的人。"如果说白洋淀在我的青春时代养育了我们，与砦南朋友们的交往，给了我很大的精神抚慰。

那段生活，那时的朋友，是那么纯洁与纯粹，那些值得珍重的日子至今仍一尘不染：

青春的苍茫如冬日多雾的旷野／月色下的水乡是一片淡灰色的冰原／那些值得珍重的日子至今仍一尘不染／旧友们的音容已渐行渐远／／旧友们的音容已渐行渐远／对往昔的怀念如一缕缭绕不断的轻烟／青春的苦涩是单纯而凛冽的清泉／一行旧文凝缩了逝去的时间／有一种力量让我们瞬间回到了从前／／有一种力量让我们瞬间回到了从前／透过岁月　我清晰地看见／那些值得珍重的日子至今仍一

一尘不染
——录短诗《那些值得珍重的日子至今仍一尘不染》
2006年12月16日初稿，2015年12月21日改定

那几年，我几乎走遍了白洋淀的那片水域，为寻访孙犁故地，我到过同口、采蒲台。为了解燕赵遗迹，我到过容城南阳。为拜访朋友，我到过郭里口、赵庄子、李庄子、大田庄、赵北口……那是一片美丽、神奇、贫穷且荒芜的土地，但蕴含着无限的生机。

在白洋淀的日子正是我走入社会生活的最初阶段，也是我诗歌写作的源起之地。在那儿，我了解了我们的社会，我们的时代，我们这个在苦难中抗争的民族的贫困与质朴。那里同命运的朋友们所给予我的精神上的帮助与抚慰，是那么的温馨而珍贵，那是我生命中最难忘的岁月。

水乡绘画课

插队那几年,因为年轻,即使在穷乡僻壤,温暖的内心并未被生活所压垮。那时的民风淳朴,我们和乡亲们相处得都很好,甚至他们一直把我们当作客人。他们朴素地认为,我们这些城市里的孩子到农村受苦了,早晚我们应该回到父母身边去。

插队一年多后,我被安排在村里的小学当老师,每天上四节课。白洋淀的作息时间是早起上工,九点回来吃早饭,再下地劳动。中午不吃午饭,傍晚下工后再吃晚饭。因为水乡上下工交通的不便,以及与旱地劳动内容的不同,这种生活方式也是水乡的一大特色。于是学校也同样早晨上两节课,吃过早饭再上两节课就放学了。乡村的孩子们放学后就成了自由的小鸟,各自飞向了自己的天地。女孩子们帮助家长织席,男孩子捕鱼摸虾。我经常看到他们小小的身影,撑着船,敏捷地消失在芦苇丛中。

在当老师的那几年,除了批改孩子们很少的作业,下午和晚上都是自己的时间。有时我想到外村走走,就和其他老师换换课。如果加上星期天,就有了两天的时间。如到有旱路的村子,我就搭船走八里水路到安州,再骑自行车,沿着白洋淀的千里堤或乡间公路而行。如想去水区的村子,就搭去县城的船,十五里水路到县城南关码头下船,穿过县城主街,到东关码头,再搭想去村子的船。

有时到县城早了,下船后就在街上转转,有时到知青办看看,那位管知青的女主任宋峰对知青们特别有亲和感,我后来回城,就是她主动提出让我办病退回北京的,并很快帮我办好了各种手续。后来知道,宋的丈夫是副县长,"文革"被批斗,女儿也是下乡知青。她对我们这些知青的同情与帮助是源于感同身受的。据说她退休后回了家乡,现在有九十岁了,人还健在。衷心地祝福她健康长寿,好人一生平安。

有时到文化馆看望魏奎仲老师和赵冰爽。他们两个都是文化馆的画家,魏老师能画很好的油画和水彩画,他的油画多次上过全国美展。"文革"后,魏老师调到河北师大美术学院做了教授。有一段时间,我在文化馆学习、帮忙搞展览,我和关城的知青赵家憙住在一个宿舍,家憙在文化馆做乐队指挥和教唱歌的老师。他的美声是经过训练的,有时知青们聚会,他会为我们唱《我的太阳》《重归索莲托》等意大利歌曲。家憙其实还有一样看家本领,那就是书法。后来回到北京,他曾在故宫博物院同范曾等一起写展板上的解说词,后在景山学校当书法老师,是 20 世纪 80 年代有名的青年书法家,不幸因病英年早逝。

有一段时间,魏老师带着我、赵冰爽等几个人,天天早晨画一张水彩,傍晚画一张水彩,有时间了,就为我们的习作做点评和指导,我的许多绘画的手艺都是从魏老师那儿学来的。我保留下来的一些白洋淀时期的绘画习作,也都是那一段的学习成果。

我曾多年保存着冰爽到我们村时画的一张水彩画。那是一张画于早春的水彩画,春风中飞扬的柳枝、大淀中翠绿的芦苇和摇着水龙浇灌秧田的人。2016年我将那张水彩画装上镜框,写了一首诗,送还给了冰爽。那种当年的兄弟般的友情已经有四十二年的时光了。冰爽的画比我画得好,他一直按照魏老师的写实主义的方式,画着有白洋淀自然之美的绘画作品。那首诗中,我真挚地记载了当年的生活与感受:

> 四月的嫩柳在风中无序地摆动 / 那些熟练的笔触是有一些醉意 / 它们和我们的青春一样 / 在贫瘠的岁月漫无目的地飞扬 // 摇水龙的人在浇灌春天的秧苗 / 尽管那个时代充满了无望与沮丧 / 可我们心中青涩而盎然的气息与春天同步 // 为了纪念和友谊 / 这幅小小的水彩画我一直悉心地珍藏 / 那是白洋淀的春天 / 万物复苏　水乡铺满了新绿 / 那是1973年 / 是我插队生活的第五个年头 // 春风鼓荡　青春的生命曾有多少期盼和渴望 / 我们的胸中就有多少永不

停息的躁动与彷徨
——《四十二年后题老友赵冰爽水彩画〈水乡春日〉》
2016年2月4日 立春

我在诗的备注中写道:"1973年春天,好友冰爽到我插队的北何庄,下午,在我任教的乡村小学西侧,画了这张《水乡春日》,细算已有四十二年了。赵冰爽,白洋淀画家。"那是青春年代的春天,那是酒后微醺时的作品,我们与春天同步,青涩而盎然。四十二年了,那种青春的漫无目的的飞扬,那种永不停息的躁动与彷徨,由一张小小的水彩画记录了下来。是啊,青春没有越不过的无望与沮丧。

这几年,我时常能回到白洋淀,有时去拜访冰爽,他一个人居住在县城,两居室的房间窗明几净,既是家,也是画室,室内有很多他的作品。因哮喘病,他很少外出。甚至油彩的气味也影响了他的创作。谈起当年的事情,我们都感慨不已。看到我送回的画作,他仔细地端详着,认真地读着我的诗,发出无限的感叹。我又看到了当年那个真诚、感性的青年。只是我们都已两鬓斑白,不复当年的青春与活力。

插队时有一年,河北师大美术系到白洋淀招生,我被推荐到文化馆参加艺术考试,画的是一些临时摆放的简单的实物,要几个考生画一张素描。我因有过一些素描的基础,很快就画好了。招生老师看我画得比其他人有章法,还专门找我谈话,问了些个人情况，要了一些我的钢笔画和水彩画。大家都认为我是很有希望被录取的人选，但最后还是被一位有社会关系的人顶替了。后来，魏老师把那些画退给了我，他指着那几张钢笔画感慨地说，这些线条画得多好啊。我知道他是在为我的不被录取抱不平。那时我知道，因为父亲在"文革"中被审查还没有作出结论，作为"可以被教育好的子女"，不被录取是很正常的。如果那次我真被录取了，也许，我会走上另一条完全不同的生活之路。

知青小农场

我当老师的村小在村子的西北角上。学校的教室是当时村里盖得最好的房子,可见那时村里的人们对教育的重视。两排红砖房,很高很大,办公室是一间较旧的青砖房。教室的最东面是我的一间宿舍。

我和学生家长们相处得很好,他们见到我都会说,孩子不听话你就揍他。我知道那是一种信任,也是一种托付。白洋淀的孩子从小吃鱼虾,都是鬼聪明的,教起来一点儿也不费力。有一年公社所有的十几所小学搞作文比赛,我选了十几个学生,讲了两三次如何写作文课,在比赛中一举夺魁。几位老师也都是本村的文化青年,我们相处得很融洽。李国营是个小青年,还没有结婚,那两年,他陪着我度过了许多个黄昏与夜晚。

学校放学后很安静,风从西面的大淀里吹过来,带着淡淡的水草的气息,我们在一起看书、备课。有时也唱那时的流行歌曲,以此抒发各自的心事,今年春天,我们在电话里谈起当年的生活,触发了许多感受,当晚我写了一首送给他的诗:

> 你还记得那些歌吗／我的好兄弟／那时 水乡的夜多么静谧／小学校也静了下来 你曾陪我／度过了多少那样的黄昏与夜晚／／在村子的西北角上／学校院墙外是偶有渔火闪烁的大淀／风拂动芦苇 摇曳树木／我们在院子里静听内心的涛声／有时为了掩饰寂寞／我们会唱那些并不属于我们的歌／只是唱 只是想借此说些什么／／那时的人生年轻而空寥／我们对未来无知也无觉／生活到底有什么在等着我们／我们真的不知道……
> ——摘自诗《我们曾经唱过的歌——写给国营》
> 2022 年 2 月 9 日

这些当年的记忆，有时会让我突然泪涌，那时的人生到底会走向何处，我们真的不知道。

学校的西边，一下坡就是大淀了。站在教室门口，就能看到开阔的水面和远处大堤上淡蓝色的树木。我的几个朋友，有时会乘船过来找我玩，冬天结了冰，他们就会踏冰而至。我也时常到他们那里走走。从村口坐船有五里路就是大堤了，下了堤不远处就是他们插队的村子，他们是离我最近的几位北京知青。

1973 年秋天，我曾写过一首有俄罗斯翻译风格的诗《第五个金秋——给白洋淀知青小农场》，就是写给他们的。那是到白洋淀插队的第四年，前景黯淡，大家都不知道如何才能找到更好的出路。因为年轻，内心也从没有放弃过理想和希求。

他们插队的村子叫王庄，不是水乡，是以种农作物为主的旱区。靠近淀边有一块洼地，因为十年九涝，村里交给了当地驻军使用，他们盖了几排红砖房。后来一家石油勘探部门接手。因为价值不高，他们也不再经营。村里就安排插队知青去住，有一段时间，大队里曾有意让知青们自己建一个小农场，自己管理自己，我就是那时去看望他们并写了这首诗：

在荒漠的原野上／你们播种希望的种子／金色的秋天／如金黄的梦／阳光在漫步／秋天在撼动／／是第五个金秋了／你们要开垦荒漠的田园／让绿色的苗儿／打破枯草的荒滩／／怀着友人的情谊／走进你们的新居／真愿你们啊／窥见了生活的／新的"情趣"／真愿你们啊／得到了新的"勇气"／／我渴望充实的灵魂／对你们没有什么可贵的赋予／只是当秋尽冬来／雪花飘去了最初的梦幻／冷风带来悲凉的伤感／在你们栖居的地方／有朋友的诗句在一旁／我知道，我无力的诗句／不会唤起你们无尽的力量／然而，我诚挚的心灵／或许会燃起你们心中／熠熠的火塘／／这儿不是无冬的南方／这儿不是西伯利亚的深矿／种子在地下聚集着力量／朋友／不要抛弃你热情的幻想／／是的，当初春／和风会唤醒沉睡的

大地／也许，我们的心愿／会结出理想的果实
——《第五个金秋——给白洋淀知青小农场》
写于 1973 年 10 月

  附近另一个村庄里插队的还有老韩和刘小灿，那些年共通的命运将我们连接在一起，那种情感诗一般真切。我第一次到他们的村子，他们将从北京带来的自己非常喜欢的两只鸽子偷偷地杀了招待我，让我至今都心怀愧意。当我最后一次去告诉他们，我要病退回北京了，我记得小灿那黯淡的神情，我知道他在为朋友的离去而深深地痛苦着。后来大家都回了北京，有时聚会经常会谈起往事，我们会为那时的相识而庆幸，我们在白洋淀相互抱团取暖、相互激励、不向命运低头的那股劲儿，一直支撑着我们。

  那些年，知青们相互串联，大家都在思考着未来。王庄的知青顾益在一次朋友们的聚会上提议，组织一批白洋淀的北京知青，到他们村，自己办个知青小农场。这个提议激起了大家的想象与热情。于是在春假期间，十几位在白洋淀插队的知青朋友，几次聚在一起，讨论关于知青小农场的设想与未来，心中满怀着希望与憧憬。

  一些满怀理想的青年，一些没有任何社会经验的青年，在那些年代真的无法实现自己的心愿。虽然大家一腔热情，最后知青小农场因多种限定，还是不了了之。

溶解的坚冰

我在村子里住过几个地方，开始是去了东北的一家人空着的房子，后来是大队里一个很小很矮的，有一个小院子的房子。院门口的敞篷下还有一口不知谁家寄存的，没有上漆的白茬棺材。我们就用它做了装稻子的粮囤。那时诗人江河到白洋淀游历，到过抵庄、砦南，在我这个小屋里住的时间最长。他的第一首诗就是在那间小房子里写出来的。"苦心地埋头于书中，／寻不到思想的共通。∥抬起眼睛，／是你深情的笑容。／垂下眼睛，／是你深情的笑容。∥我合上寻不到灵性的书页，／静静地凝视着你深情的笑容。"诗的题目是《案头小照》，那是一首有戴望舒风格的爱情诗，那时他正在经历初恋。

后来知青的费用下来了，每人二百六十元，我们兄弟两个有五百二十元。大队里找了一块地方盖了两间房子。三面临街，一面借用一家人的山墙，门窗向西，南面有一个可以看到大淀的窗子。那时嫂子陆镕已经和哥哥结婚了，她也从内蒙古插队的地方转到了白洋淀，成为北何庄的第三位知青，后来又来了其他人。哥嫂住在新房子里，我住在小学校的宿舍里，我们算有了一个相对安稳的家。那年弟弟从东北回北京探亲，到白洋淀看望我们，那是房子刚刚入住不久。他是中午到的，为了晚饭有鱼吃，我带上他，借了一只捕鱼的花罩（一种用南方的芦苇编的，半米多高，有许多六菱形孔洞的捕鱼工具），撑上船到了淀里。那两年，白洋淀水量充沛，鱼很多。我们只用了半个小时，就收获了十几条鲫鱼。

乡亲们对我们很好，哥哥那时做了村里的赤脚医生，用他自学的医学知识为大家服务。那时我们春节从北京回到村里，许多家排着队请我们吃饭，那种融入感让我们体会到了一种回到家的感觉。

但村里的派性斗争很激烈，经常为一些事情发生冲突。有一年，村子东面一片浅水中自然生长的芦苇，逐渐繁衍到了一定面积。那些年，芦苇是村里的主要收入来源。为了这片苇地的归属权，两个不同派别的生产队，发生了争执。第一年收割时，谁抢收的多就算谁的。那是一片浅水区的芦苇，是要在结冰之前，用一丈长镰杆的大镰，站在船上收割的。第二年两个队都憋着一股劲儿，想多抢一些。壮劳力少的一队知道抢不过，就想出了一个破釜沉舟的主意，我收不到，你也别想收到。他们提前在船舱里用麻袋装了许多砸成拳头一样大小的砖块，人多势众的那个生产队，提前赶到地头，扎好了船就开始收割，另一个生产队人赶到后，几句话不合，就用事先准备的砖块，疾风暴雨般地砸了过去，把对方打了个措手不及。因为他们的船拴着，行动不便，对方挥着篙和镰冲过来时，多人被打得头破血流，有的举着镰刀招架，甚至被对方挥来的镰刀顺着镰杆削掉了手指。袭击的一方迅速结束战斗，撤回村中，接着登上房顶，架起了打野鸭子的大抬杆猎枪，修筑了防御攻势，开始了以一条街道为界限的两军对垒。这场争斗相持了近一个月，最后是县公安局出警，开枪打伤了几个不听命令的人，才平息了这次冲突。

我们从不介入村里的派别矛盾，与所有的乡亲都友好相处。在两派对垒时，双方是不能越界的，否则就会有受伤的危险。我们在村里行动是自由的，需要越过封锁线时，只要大声报出姓名，就安然无恙了。在那个特殊的年代，那些质朴的、善良的乡亲们也不得不陷入了那种非理性的混杂生活中。

那是"文革"中的岁月，生活在交通不便和信息闭塞的乡村，也能体会到时局的动荡，更能体会到物资的匮乏。我每次回家，都会带着一个长长的购物单，为村里的乡亲们在北京买许多生活的日常用品，那时农村的供销社东西少得可怜，就是县城也同样买不到什么。

1972年2月，过完春节，我准备返回白洋淀。那天，我在王府井百货大楼买了一大包为乡亲们带的日常生活用品。突然一楼大厅的人群安静了下来，广播里传出了美国总统尼克松访华的重要消息。那一刻，我愣愣地站在那儿，甚至忘记了我所在的时空。

后来，我看到尼克松的讲话，他说："我们要建造一座跨越一万六千英里和二十五年敌对情绪的桥架,可以说,公报搭起了这座通向未来的桥架。"有一种无形的坚冰开始溶解。那年,我回到的白洋淀,也迎来了又一个春天,覆盖淀水的冰层也在渐渐地消融。

重回水乡

我离开白洋淀，在动荡的生活中一晃就过了十几年。1990年，北京作协秘书长郑云鹭老师让我与她一同到白洋淀考察，看看有无可能在那儿找一个开会的地方。当时白洋淀的旅游刚刚开始，各方面条件都很差，最后决定，会还是在北京郊区开。与郑老师的考察之旅，促成了我第一次回到阔别了十六年的白洋淀。这个我熟悉的北方水乡，与我们插队时已经有了很大的变化。破旧的县城尘土飞扬，人群混杂，街道摆摊占道，拥挤不堪，码头商业氛围浓厚而无序。但改革开放还是为这里带来了生机，随着整个社会的发展，这里已不再是一个闭塞的小县城。在过去的十几年里，县城扩大了很多。淀区因为养殖、圈地，水面变得很窄，水污染严重。那个熟悉的、自然、质朴而宁静的水乡已不复存在了。

直到 2015 年后的彻底整改，水乡又渐渐地恢复了魅力，污染的水清洁了，鱼的品种又多了起来，荷花，水禽回来了，淀区水面开阔了，村子也变得整齐了。

从那次以后，我多次返回白洋淀，有时是带朋友们旅游，有时是访友，更多是对"白洋淀诗歌群落"的寻访。近些年同我一起到过白洋淀的中外诗人、诗歌研究者和各界朋友有二百多人，其中有十几位国外诗歌研究者。"白洋淀诗歌群落"得到了更多人的关注，许多诗人和学者写了大量的相关研究文章，吸引了更多的关注白洋淀的探访者。

有一年，我、芒克和唐晓渡，带着七个国家的十几个人，到白洋淀寻访，他们有的是汉学家、有的是记者。我们的快艇穿过五月的淀区，他们都为白洋淀的美丽而倾倒，纷纷说你们插队的地方真好。但他们并不知道我们那时生活的简陋和心灵的苦闷，我们的诗歌不只是来自水乡的魅力，更多的是源于那个时代作为有志青年的生命所求。大淀头的乡亲们说，带来这么多老外，你们就差带个联合国了。

1994年春天，《诗探索》编辑部组织了一次"白洋淀诗歌群落"的寻访活动。诗人、诗歌研究者：牛汉、吴思敬、芒克、宋海泉、甘铁生、史保嘉、刘福春、陈超、张洪波等二十多人参加了此次寻访。大家围绕着"白洋淀诗群"的背景、人员、时间以及影响等，进行了追忆和讨论，通过当事人各自的回忆与相互补充，基本上厘清了这段史实。这次活动取得了珍贵的第一手资料和有价值的研究成果，为今后研究"白洋淀诗歌群落"奠定了基础。

牛汉先生力倡"白洋淀诗歌群落"的命名。他说："'白洋淀诗歌群落'这个名称本身就很有诗意。'群落'一词，给人一种苍茫、荒蛮、不屈不挠、顽强生存的感觉。"是的,白洋淀的诗人们,不是一个流派,他们是那个特殊年代,一些有文化追求的诗歌写作者,他们在这片水域,写下了一批有创新价值的现代诗歌作品。

20世纪90年代末,郝海燕主编的《中国知青诗抄》出版,我和谢冕先生分别从不同角度为这本书撰写了序言。作为编者之一,我编辑的"白洋淀诗群"的诗歌作品,排在了本书的第一部分。那年,本书的编辑部和相关作者五十多人一同访问了白洋淀。

2010年以后,我主持《诗探索》的运营工作,组织了三次"白洋淀诗群"的寻访活动。全国各地近百位诗人、诗歌评论家来到白洋淀。2017年第十五届"华文青年诗人奖"颁奖活动也是在白洋淀举办的。近些年,我回了多少次白洋淀,已经记不清了。但每次回去,那里的人情与风物,都会引发我潜在的情感波动。

2018年5月20日,在河北廊坊师院开有关我的诗歌创作研讨会。会后,安新县(白洋淀)文化局和作家协会邀请部分来自全国其他省份的诗人和评论家到白洋淀一游,进一步体会我曾生活过的重要的创作源泉——白洋淀,那是养育过我并与我的诗歌写作不可分割的一片饱含亲情的水域。

研讨会上,大家对我的创作成绩和作为诗歌编辑作出的诸多努力给予了充分的肯定。我在致答辞中除了感谢,还强调了我们是中国诗歌幸运的一代,我说:"从事诗歌写作50年,我写得很慢，平均每年不足十首诗。我经历了几个不同的写作阶段，我是在逐步地接近艺术的根本……这几十年，我一直坚持业余时间写作，我主张诗人首先是一个活生生的人，然后才是一个诗人。很难想象一个不食人间烟火的人，能够写出与人的灵魂相关的文学作品来……因此我主张，诗人应该是一个有社会责任感的人，完成好一个作为人的本分之后才是一个诗人……作为诗人，诗歌编辑，诗歌活动组织者和业余画家，我感谢这一切，是它们丰富了我的生命，在人生灰色的青年时代，在生命彷徨和苦闷的时候，是诗歌艺术让我得到了慰藉与帮助，因此，我充满感激之情。"

大家坐快艇畅游白洋淀，晚饭后，又一同踏上了千里堤，在步入大淀水域的楼台和木制的栈道上散步。那是农历四月十四的夜晚，微风吹拂，新月尚未盈满，它从薄云中闪动着微微的香槟色。四周是寂静的月色朦胧中的淀泊，芦苇轻摇，发出轻微的沙沙声。大家沉浸在淀上月夜风光和白洋淀诗群的讨论氛围里。也许是这几天的会议有些疲倦，也许是以往岁月的某些召唤，旧地重游，我突然沉入了某种说不清的感觉中。

月光透过薄薄的云层，淀水苍茫，月色下的新荷如片片银箔，没有了当年的月光清澈如水，没有了年轻时代心灵的凄苦，也没有了那时的青春的锐气与孤傲，那个月亮与当年的也已不同，往事缥缈，物是人非，时光竟已过了五十年。当年一同为诗歌，为不知所终的生活一同奋争的朋友们这会儿都在哪儿啊！

有一丝感伤，有一丝对时光流逝的无奈，有一丝惆怅。那个属于我们的青春时代已经远了，一切都不会再来。

一同观赏月下大淀的众友们还在热烈的交谈中，而我确有一种没有源由的寂寥与空落，心中回响起德沃夏克的《月亮颂》和那些经典的献给月亮的诗句。是啊，几十年的努力已经得到了某些回报，但我记忆中的那些青春的理想与期望，却在时代大潮的涤荡中改变了味道。一切都已远去，连同所谓的荣誉、赞许与成绩，还有那枚青春时代的月色清澈如水的美月亮。

这种情绪一直无法排解，它们都融入了三易其稿的这首《旧月亮——戊戌年四月十四重返白洋淀》的诗作中：

> 夜风在吹／吹过的依旧是那片苍茫的水泊／芦苇在摇洒向这片淀泊的／还是那枚照耀过燕南赵北的明月吗／／今夜金星伴月／天空是有些薄云缥缈／四月里蛙鼓还在沉寂／伴我们走过堤岸的那颗亮白的月亮／为什么有些陈旧／没有了当年的月色如水／没有了心的凄清与孤傲／／岁月静好／新荷在月光里／有如一片片生了锈色的银箔／丝绢微黄旧时的明月照我／千顷水泊也曾沉浸于旧时的月色／那些我喜爱的诗人和歌者／以舒缓的音色铸就了那颗我心中的月亮／／今夜我脚步舒缓　皓首微扬／桨声吱呀　伴我侧耳聆听／那颗金星闪烁着／时光恍然　竟已过

了五十年//今夜　我心浩渺/有如那枚拢了薄纱的旧月亮

　　——2018年5月28日初稿，2018年6月8日改写，2018年6月12日改定

　　这些年，我也曾和许多朋友一同回到过北何庄。我曾流着热泪与乡亲们攀谈往事，我也曾深情地向大家介绍我在这里的生活和经历。

　　我住过的几处房屋有的已经拆了，小学搬到了村南边的新址，老的教室卖给了村里的人，但格局没有变，只是西边不再是大淀。后盖的房子已增加了好几层，学校曾经的教室不再是紧邻淀边的房子，自然也少了原有的灵气。

　　雄安新区成立后，村子没有再扩大，许多人也不在村里居住了，有的在外打工，有的搬到了城镇，村中心地带有许多老房子都空置了。听说，为保护白洋淀的自然环境，涵养水质，一些水乡的村落要整体搬迁。那年我带着意大利的学者朱西女士到白洋淀寻访，在北何庄，她看到那些老房子，那像一线天的小胡同，一再地说，这些应该好好保护，应该有好的规划，这样的古村落太有价值了。

　　是啊，保护北方水乡独有的特色，这是一种历史，也是一种文化。这些年，为了旅游，为了改造环境，白洋淀的许多地方已经看不到那些最原汁原味的水乡特色了，有些地方为了好

看，整个村子变成了江南的白墙黑瓦，那种感觉让人很不是滋味。有地域特色的民俗和地方文化，是多年的积淀而渐渐形成的，它们就在那些村庄、房舍和平常的生活之中。

2021年的冬天，我画了一张《逝去的村庄》的画，一片灰色的、朦胧之中的水乡村落，仿佛在梦中，也仿佛是一种幻象。它画出了我的担心，也画出了我的渴望。真希望我曾生活过的那个小小的村庄能保留下来，今后成为白洋淀地方与民俗文化的保护与存留之地。

时光逝去，一切都成为往事，一些朋友和乡亲也已不在人世。我们追述以往的生活和记忆，不只是怀旧，不是要回到过去的岁月中，而是想提示自己，当年的那些满怀激情的追求与向往是否还在，它们历经时光的流逝，是否改变了味道。

回顾以往，有时心在不停地战栗。那些年轻的岁月虽是蹉跎的、青涩的，但它清纯、美好，充满了活力与深情。真的很怀念那些青春的年华啊！

诗人散文
SHIREN SANWEN

西行琐记

高原的阳光

飞机经停成都,再向高原飞去,很快就看到了连绵不断的雪峰,那应该是横断山和唐古拉山脉相衔接的群峰。天气晴朗,气流稳定,透过飞机的舷窗,可以清晰地看到山体和冰川的走向,远处飘浮的云朵与雪山几乎融为了一体,天空蓝得发紫。

飞机降落在距拉萨近九十公里的贡嘎机场,那是一座世界上海拔最高的机场,它坐落在拉萨河谷地带海拔三千六百米的高原上。

走出机舱,刺目的阳光让你自然地眯起了眼睛,空气清爽,四周是低矮而赤裸的山峦。拉萨河在山脚下散漫地流淌,仿佛女人睡前散开的发辫,一绺一绺的分散着而又纠缠在一起。从舷梯上下来,机场的水泥地反射着白晃晃的光芒,隔着墨镜都能感到它的锐度。在走向航站楼一百多米的路上,我感到阳光像针一样刺穿了T恤,麻辣辣地,不停地扎在后背上,我第一次如此真切地体会了高原上阳光的强烈。

并没有缺氧的感觉,但有人叮嘱过我们:一定要少活动,能不提重物就不提重物，能坐电梯就坐电梯，到了宾馆就上床休息。吃饭最好让人送到房间，准备好氧气和镇痛药。什么都不要做，熬过第一个晚上，就会渐渐地好起来。

我们谨遵叮嘱，下飞机后的前几个小时什么感觉都没有。我们躺在床上，漫不经心地看着带来的有关西藏的资料。五个小时后，头开始微微地疼，越来越重，像得了重感冒，感到心跳也在加快。困，但怎么也睡不着，头像要炸开一样，吸氧也不管用。在床上辗转反侧，好不容易睡了一会儿，高原明亮的天光已经照进了屋子。头痛好了些，但觉着胸部有一颗心脏，时时陪伴着你，感觉到它的存在，那是以前从没有过的。

挨到中午，我们坐电梯到一楼，正遇到几个我们同一架飞机到来的小青年，他们嘴唇青紫，大口喘着粗气，因为来到拉萨，他们没有休息就到处跑，现在才知道了高原缺氧的厉害。我们在宾馆门口叫了一辆三轮车，到距离不远的布达拉宫广场，坐在树荫下欣赏街景，让身体渐渐适应高原缺氧的环境。

中午，布达拉宫的金顶在阳光中发出耀眼的光芒，暗红和雪白的宫墙对比强烈，天空的云朵慢慢地飘动。街头人群熙攘，那是高原的七月，阳光明媚的拉萨的夏日。我们打了几个朋友的电话，告知我们来了。今天先不见面，等明天我们适应一些了再相聚。

那年的夏天，我们在西藏游荡了近两个月，走了许多地方。离开那儿的时候，我们可以快步行走，可以放松地喝酒，已经完全适应了高原的气候与环境。

走过拉萨的大昭寺、八角街、布达拉宫、罗布林卡、哲蚌寺。喝过雪域高原清爽的啤酒,体会着这座高原之城节奏缓慢的生活,体会着那些转街的藏民,泛着高原之光的黧黑的笑脸,我们开始了向其他地方的旅行。

青藏高原的确是一片神奇的土地,那里有来自世界各地的游客,有来自印度或不知道来自哪里的僧侣或修行者,明黄的绣花的袍子,束着发带的恣意生长的须发,他们眼神迷离地在你面前飘过,仿佛与这个俗世毫不相干。那些穿着褴褛,将多年的积蓄投入功德箱,虔诚地磕长头的人,那些从全国各地会聚到这高原之城的艺术家,相聚在酒吧或川菜馆里,那是改革开放的初年,拉萨向世界敞开了自己的怀抱。

羊八井的热泉,蒸腾着缭绕的云雾,念青唐古拉仿佛飘浮在天上,纳木错像一块青色的随着天光变幻的碧玉。天气瞬息万变,阳光一瞬间会被低沉而乌黑的云朵遮住,它们从远处的草原匍匐而来,眼看着草场在变黑,一会儿就到了眼前。大雨倾盆而下,有时还夹杂着冰雹。而一会儿阳光又刺目地照射了下来,有时彩虹会悬于头顶。有一天我们从羊八井的沸泉路过,热蒸汽和低低的乌云融合在一起,大雨过后,七彩的双虹横跨过公路,像是为我们搭起了迎宾的彩门。更神奇的是,我看见双虹的虹脚,落在一片在狂风中激荡起伏的草场上,那么明亮,那么清晰,那么激荡而不可思议。

阳光、乌云、暴雨、双虹、漂浮的雪山、仿佛从天上淌下来的溪流……这的确是一片神奇又充满了无限魅力的高原。

大昭寺广场

坐在二楼的平台饮茶，正好俯视整座大昭寺广场。在飞扬的经幡下，藏式建筑的白墙反射着刺目的阳光，寺院的金顶辉映着蓝得发紫的天空。那些黝黑的面孔上闪动的眼神，那些女人们遮挡阳光的彩色头巾，那些磕长头的朝圣者们，那些穿行于街市的僧人们，都在炫目的阳光下流动着。从寺院和八角街汇流于广场上的人群，熙熙攘攘，显示出了这座东方圣城的繁华。

"你在这儿有事儿吗？"穿绿色藏袍的服务小姐问我旁边的一位藏族汉子。

"我找人。"他没有回头，眼睛一直盯着广场上的人流。棕红色藏袍有些陈旧，一顶宽边的毡帽与黧黑的脸色很相衬，看上去有四十几岁年纪。小姐的问话显然是说：这是喝茶的地方，不要空占着座位。小姐说完就去招呼其他客人了，藏族汉子依然看着广场上的人流。这里的人们相处得极为平和，也许神的爱心与宽宏真的给予了每一个人。

"请你喝杯茶好吗?"我们试探着问。他笑了笑,没有表示拒绝。

这是一种类似西北地区的盖碗茶,除了茶叶,还有冰糖、枣、桂圆、枸杞子等配料,香甜可口。它把雪域高原的深情留在了每一位饮茶者的心中。

他汉语讲得很好!说是从四川阿坝地区来的,经甘南、格尔木,翻唐古拉山,穿羌塘草原,千里迢迢来到拉萨。但并不是为朝圣而来,而是来找他的和情人私奔的儿子。我们问他找了多长时间了,怎么知道儿子在这儿,找不到怎么办?他说会找到的,佛的旨意不会错,他们肯定会从这儿经过。虽然已等了一个月,他还要等下去,找到他们就让他们回家,因为儿子的妻子和两个孩子都等着他回去。找到后,他要和他们好好谈谈,给儿子的情人一些钱,也让她也回家去。

他随身带着儿子和那位姑娘的照片。那是个长得很结实的藏族姑娘。我们问他:你觉得儿子的情人长得漂亮吗?他伸出了小拇指,然后笑了笑说:"但她是个能干的女孩。"他们同住在一个不足三百人的山寨里,大家相互都很熟悉。儿子是个卡车司机,全家开采金矿,日子过得不错。儿子一出走,车也没人开了。

他讲得平和而随意,仿佛儿子的出走只是一件很小的事情,并没有伤害到什么,只要是能尽早回家就行了。

大昭寺广场上的人流在阳光下缓缓地流动,这是一个本质上温和而充满了信仰的民族。那位寻找儿子的藏族汉子一直伴我们坐着。他对待家事的态度让我深感到各民族之间的差异，我甚至更喜欢他们那种处理问题的方式。虽然这儿的雪山是高耸而冷峻的，天也蓝得炫目，但他们生活得质朴而温和。无论在寺庙里，还是在街巷中，当你用微笑向他们问候，你得到的都是自然而友善的回应。也许我看到的只是他们人性的某一方面，我想在大自然面前，他们血液中一定有更强悍的一面，而生命在神圣的信仰中也一定会淘洗得明净而清澈。

大昭寺前的人流，香火与隐约间传来的法号的低鸣，仿佛使这片高原净土凝聚起了一种力量，它们也毫不例外地浸入了每一位游客的心中。

怒江上游行

　　从那曲向东南方向行进，越过几片辽阔的草场和高山隘口，海拔渐渐变低了。我们涉过了许多条叫不出名字的溪流，它们从倾斜的坡地上流淌下来，远处背景上的雪峰仿佛飘在天上，而河水曲折迂回，飘然而下，闪耀着，远远地流淌过来。

　　河水到了谷底开始变得喧哗，它们在布满卵石的河道中变成了白色的激荡的水流，翻滚着发出欢畅的声响。

　　我们乘坐的越野车，几次从湍流中涉过。当车转过一个狭长的谷地，几株矮松横亘于山石间，海拔更低了。汽车开始沿江而行，有时可以看见几只牦牛涉过河水。河流依旧是清澈的，而山却越来越陡峭。远处一座藏式的塔在大山的背阴处显现出来，当车接近白塔，首先听到了一股雄劲的涛声，接着就看到在我们脚下几十米深的山谷间滚动着一条浑黄而湍急的大河——它就是怒江。

　　我们开始如甲虫般地在这条大江身边窄狭的山道上爬行。几座村寨沿江而驻，石头垒成的几座民居，墙壁经风雨而呈现出棕褐色，房屋错落有序，经幡在屋顶上飘扬。即将收割的青稞环绕在村落的四周，麦芒的光泽闪烁在阳光中，在大山与怒江的映衬下，村落是那么小，山间走动的人更像是小小的蚂蚁。

比如县的县城只有一条街，与江并行。西边的大山使下午的街道很快暗了下来。一两家小店只卖些农耕用具和生活必需品，没有供旅客吃饭的饭店。那些遍布拉萨街头的四川菜馆遗忘了这座远在深山交通干道上的县城，也许这儿根本养活不了一个开店的人。

一位刚从那曲毕业分配到县里工作的女孩带我们去参观一座当地很知名的桥——牦牛桥。用原木和石头相互叠压而成的方形桥墩稳稳地坐落在江水中，从西边的大山间射下的阳光投在桥体上，桥墩稍有些倾斜，铁索拉向两岸，上面铺了粗糙的原木板。据说桥是为牛群过江而架设的，它横跨在怒江的上游。它一定是世界上最独特的一座桥了。

夕阳下的牦牛桥一半没入了大山的阴影中，阳光依旧耀眼。几个背柴草的藏族女人从阳光中没入了山的影子里，缓缓地移动在桥上，累了，把后背的柴捆靠在桥的拉索上小憩。我们问，这桥有多少年了？那新来的做向导的女孩也答不上来。桥头的玛尼堆都是用青色卵石雕凿的，石头上刻着花体的如图案般的藏文六字箴言，它们垒在桥的两边，保佑着生活在这里的人们以及这座桥的安危。两岸的青稞在微风中摇曳，金色的麦芒闪烁着最后的余晖，已是高原上的收获季节。

夜里开始下雨,雷声很响,狗也不再叫了。而怒江在大山脚下流淌,说不清它到底流了多少年,而它为这里的人们带来了什么,又带走了什么,谁又能说得清楚。

第二天,我们驱车赶往北岸那座天葬台,开车的是一位四十多岁的藏族师傅,车开得很好,很有经验。他脸色黧黑,目光炯炯。一位援边的干部搭我们的车下乡,在过一个山坳时,一只土黄色的小狐狸从车前跑过,上了侧面的山坡,停下来回头看着我们。那个搭车的人,从挎包里掏出一支手枪,向小狐狸开了一枪,子弹打在地上,搅起了一小缕尘烟,小狐狸轻轻地跳了一下,依旧回过头来看着我们。司机师傅用藏语低吼了几句,那个人赶紧收起了枪。我们从拉萨出发,一路上天南地北地侃,开车的师傅一句话都不说,只是偶尔喝口水,嚼一点儿我们递给他的风干牦牛肉,我这是第一次听到他的声音。

那是一座坐落在怒江边上的天葬台,停下车,我们爬上一个陡坡,开始有些气喘。天葬台不大,两面是山坡开凿成的护墙,有一个豁口是进入的门,其他两面是用骷髅堆垒而成的矮墙。我们按照天葬师的指引,虔诚地拜谒后就匆匆离开了。

返回的路上,天开始下雨,怒江边的道路泥泞不堪,师傅让我们下车跟着走,他担心车太重会打滑,控制不好就会跌下江边的悬崖。我们看着车在江边的窄路上,在泥泞中一扭一扭地前行。这时,向导让我们看江对岸的另一座相似的天葬台,隔着大江,在微雨中,我们只能模糊地看到一面淡黄色的矮墙。

怒江在我们脚下几十米的峡谷中流淌，岸边那两座用骷髅堆垒成墙的天葬台，在千年风雨中，将古老而神秘的力量注入了怒江的急流。

后来，我心中总有一种不安，一直为自己为了猎奇而无缘无故地打扰那些亡灵而满怀歉意。多年后我写了一首名为《敬畏》的短诗：

  随着枪声　山坡上冒出一小缕尘烟／它轻轻跳开了几步／一只土色的小狐狸依旧回过头来向我们张望／面如古铜的老司机用藏语低吼了几句／那个搭车人收起了他的枪∥那天我们幸运地拜谒了怒江上游有骷髅墙的天葬台／在暴雨到来之前赶过了那段泥泞而陡峭的峡谷险路／啊　感恩一直俯视和指引我们的苍天与众神∥时隔多年　想起当时还算年轻的我们／在夏日的高原上驱车千里／像那些冒死攀登神山的人们一样／用一种近乎无知的鲁莽／兴致盎然地冒犯了那些寂寞中苦修的亡灵∥看晴空下的雪山凛然屹立令人心生敬畏／嗷　但至今我依然不知这一生中／到底还有多少事应该幡然领悟　虔心忏悔

——2017 年 2 月 5 日

应该说我的这首诗是得到了丽江诗人鲁若迪基的启发和指引的。鲁若是普米族诗人,出生在泸沽湖畔的小山村里,他的作品写得短小而精练,是一位很优秀的诗人。那年我们到丽江,鲁若带我们走了许多地方,在拉市海看山水一色的云南高原,在束河古镇的街边酒吧喝滇红观街景,从不同的角度去看玉龙雪山,他一直不主张我们像其他游客那样,坐缆车登上山腰。他说,对神山要有敬畏,我们普米族人都是转山的,从不去攀登。

对自然的敬畏,对生命的敬畏,对一切未知的敬畏,也许会令我们的生命接近澄明。

从西宁到格尔木

那是 20 世纪 80 年代初，一年暑假，我和刘红突然有到西部走走的想法。那会儿的交通还很落后，几经辗转我们到了西宁。拜访了诗人白渔和昌耀后，我们踏上了去格尔木的路。

一辆红白两色的大鼻子客车，晃晃悠悠地开出了灰色而安静的西宁市区，进入了一条两边是山的沙石公路。我们的前座是两位来自当地牧区的人，其中一位披着一件发着令人窒息的膻腥味的老羊皮袄，那种味道，让你马上有了抵达西部高原的感受。后面两位是来自西安，到西宁出差，帮助工厂修理机械的技师，和我们一样，是第一次来到西部高原，工作之余想去看看青海湖。他们显然对高原气候没有丝毫的了解，上车时穿着裤衩背心，一位手中还拿着一把大蒲扇，另一个手中托着一个不大的新疆西瓜，看上去很是潇洒。

车走了两个多小时后，天开始下雨，风也开始凉了起来。我已渐渐适应了老羊皮袄的味道，但后边的两位老兄开始相互埋怨，刚刚领教了高原天气的无常，他们因为没有其他衣物，只好将塑料雨衣披裹在身上御寒。突然,蜗行徐步的客车停住不动了,过了好一会儿,司机告诉我们,车的方向盘坏了,只能等着西宁派车来替换这辆车了。

乘客们面面相觑,悻悻地下车,看司机蹲在路边,拦截回西宁的车给车队报信。天下着小雨,道路两面都是大山。高原的夏日,山坡上的青稞有的开始变黄了,在蒙蒙细雨中,黄绿交织着,像一面晾在山坡上的花格毯子。打听同车的当地人,说如果车不坏,一小时后可以过日月山,天黑之前过倒淌河,掌灯时就到海西州了。但这下就不好说了,今天能不能走也不知道。那时西部高原上的交通还十分不便。

我们停车的地方两面是山,没地方可去。看见半山坡上有一户人家,我们就顺着山路向上爬。那是一户藏民的家,一条温顺的黑色长毛小狗,它叫了两声,唤出了主人。主人客气地招呼我们进屋,只有清水招待我们这几位不速之客。在山坡上,能清楚地看到我们那辆趴了窝的客车和周围散落的乘客。司机蹲在路边抽烟,小雨还在下着。

几个小时后,我们坐上了救援的车,继续我们的行程。在一片黑暗中,我们过了日月山口、倒淌河、茶卡盐池,到达德令哈已是午夜时分。在客车司机的引导下,在一片漆黑中走进了一个有昏黄灯光的入口,有一个铺了简单被褥的板床。又困又累,我们囫囵睡下。一觉醒来,有阳光从房顶上射下来。我钻出坑道一样的门口一看,原来我们住的是一个地下挖出来的,篷了木板的地窝子。

德令哈阳光明媚，天空又蓝又高，空气清爽，犹如北京的深秋。海西州是我们抵达青海后的第二站。那里有一家杂志名为《瀚海潮》，它的主编是北京一家出版社来支边的老编辑，我有过几面之交。在街边的小店吃了早饭，已经九点多了，我打听编辑部的所在地，那人用手一指，说就在前边。那时的海西州好像只有一条街，编辑部在一个平房的院子里。我要找的那位主编不在，一个愣愣地看着我们的人，疑惑地说，你们到这儿来干什么？主编经常在北京，他很少在。我们向他问了去格尔木怎么坐车，他说，离这儿十几公里有一个火车站，可以坐下午三点多的慢车去格尔木。

因为时间还早，我们在路边的地摊上买了一个小的西瓜。阳光直直地晒在瓜堆上，我借用老板的刀将瓜切开，一口下去，瓜瓤清甜可口，简直就像是刚从冰柜里取出的。

按照那位编辑的指引，我们搭乘一辆大卡车，向那个小火车站进发。半小时后，卡车在一个路口放下我们，拖着尘土的长龙消失在阳光下的原野上。我看见远处，在缥缈蒸腾的气流里，一个小小的、土黄色的小车站飘浮在那儿。我们沿着路向前走，转过一个坡路，迎面走来一个吹着口哨穿铁路制服的小伙子，他看见我们便停了下来，说这个小站三天一班车，今天和明天都没有车，我们愣在了高原刺目的阳光下，矮矮的影子投在沙地上，像两个被遗弃的木桩子。我们又按照小伙的指引，步行到不远处的一个小村庄，那里有一个长途汽车站，几位在树荫下纳鞋底的中年女人说，长途车是有，但不知道几点到,也可能要后半夜,这儿有一间闲着的房子,你们可以在里面等,但要自己警醒着点儿,车来了赶紧出来,不然司机以为没人就开走了。

在那间只有几个木凳子的房间里,下半夜,在寂静的高原上,我们终于听到从远处开来的汽车的声音。我们也学着那两位西安的老兄,将所有的衣服都穿在身上,将雨衣裹在外面,开始了颠簸的向格尔木进发的里程。

穿越柴达木和当金山

拖着尘土长龙的卡车，高原夏日的阳光，吹口哨穿铁路制服的小伙子，深深地印在了我的心中。在前往格尔木的四处透风的客车上，因为冷和颠簸，根本无法入睡，我构思了一首名为《高原小站》的诗：

午后的寂静中／我们走向坡地上的小站／高原的青石峰下／空旷　看不到一个人／道路左边，渐渐侵入的流沙群／在阳光下金黄地闪烁／两只追逐的狗　远远地／从路基上倾斜而下／钻进了一片疲倦不堪的矮树林／／那辆疯狂的卡车／扔下我们　拖着尘土的长龙／很快地消失在／山路的拐角上／阳光直射／再也听不到任何声音／／穿铁路制服的小伙子迎面走来／突然终止了他缓慢的口哨声／从他疑问的目光里／我们已注定地被抛弃在这儿／远远望去／这高原的七月／那座几乎被列车遗忘的小站／在蒸

腾的气流中遥遥而立／比来自远方的客人更孤单

在格尔木的宾馆里，我们进行了一两天的休整，简易的宾馆里住的都是进入西藏或从西藏返回来的人。谈不上是个城市，人很少，很荒凉。正像《瀚海潮》那位编辑问的，我们突然不知道自己为什么走到这里来了？在宾馆门前停车场的开阔地上，向西可以看到远处的昆仑雪峰，那么高远，那么缥缈，仿佛飘在天上的浮云。

按照出发时的计划，我们要从格尔木再到甘肃的敦煌，要穿过察尔汗盐湖、柴达木盆地、当金山口，越过祁连山余脉，那是一条更为漫长的高原之路。

察尔汗盐湖有一条由盐铺成的公路，长三十多公里，大约高出湖面一尺多的公路路面，平整得像是城市里的柏油路。如果哪里损坏了，养路工就取一些卤水浇上，晾一晾就修好了。两边是一望无际的盐湖，与天光相衔接，湖面映出云朵的倒影，车仿佛行走在水晶的世界里。这里叫盐湖，但几乎没有水，大片的盐的晶体上有一层闪动的液体，离公路不远的地方，有大型的机械在作业，高高的白色的小山堆垒在四周。据说这里的盐够全世界所有的人，使用千年。

而后就是柴达木盆地漫长的荒漠之路，芨芨草零星地生长在沙石之间，偶尔有一峰孤独的骆驼站在沙梁上。我第一次见到了黑戈壁，深褐色的石子覆盖了地表，一直铺展到风沙弥漫的远方。

从车的前窗看去，沙漠上柏油路像一条黑色的细线，它一直在荒原上笔直地延伸，直到看不见了的远方。那是无比枯燥的路途，茫茫的戈壁，四周什么都没有。突然，我看见在高高的沙原的天际上，有几个小黑点在缓缓地移动。司机告诉我，那是从冷湖油田开来的运油车，它们会在距我们几十公里远的地方，拐到我们这条路上来。我一直看着那几个移动的小黑点，半个小时后，我们终于和那些车辆交错而过。

走出柴达木盆地，就看见了阿尔金山的余脉，一片开阔的巨大的倾斜的荒原，仿佛是山峰崩倾，流淌而下，那是一片褐色的世界，整片荒原上一棵植物也没有，在下午的光照中，那庞大的、无边的、倾斜的荒原是淡紫色的，它倾斜而下的磅礴之势，让远处的山峰都变得那么无足轻重了。

汽车蜗牛般地前行。这时，我看见一个个旋风，裹着尘土的烟柱矗立在荒原上，它们远远地站在那儿，旋转着、旋转着，好像根本没有移动，它们是那么庞大的一群，在倾斜的、广阔的沙原上定格成壮丽的画面。我突然想到了"大漠孤烟直，长河落日圆"的诗句。那些旋转的旋风，不就是那令人凝视的孤烟，古人悲壮的感慨，与我此刻的心情是那么的贴切，在这里，在去往敦煌的路上，在穿越当金山口的时候，也许我同那些历代戍边的将士一样，见到了最为壮观，而又最为荒芜的祖国的疆土。

在当金山口以北，路不再那样荒芜，远处的祁连雪峰是飘浮在空中的一丝白云，当一片绿洲映入眼帘，我几乎要欢呼起来，终于见到了绿色，那片绿色就是我们的目的地敦煌。汽车终于行驶在两边是笔直的白杨树的道路上，葡萄园中的水渠，流淌着闪闪发光的水流，伴着微微的耳鸣，我似乎听到了来自佛塔上的风铃声，那是我第一次来到敦煌。

心向阳关

在我心中,阳关是神秘的,渺远的,又是亲近的。

我记得那年夏天,阳光直射,刺穿了薄衫,风吹起的沙粒,打在肌肤和面颊上,那种切肤的感受令人难忘。

多次到过西部,多次踏上过那片荒芜而神奇的土地,在我的感觉里,它总是那样的空旷而寂静,茫茫沙原吸走了所有的声音,只有太阳将它的火焰筛成了细细的滚烫的金子。寂静中,仿佛能听到那些遥远的来自汉唐的历史的回声。

冥冥中我与这片土地是有缘的,当我第一次与古诗词中的祁连山、黑水河、渥洼池、铁门关相遇,竟是那样的亲切。如果真有时光隧道的穿越,也许我会看见自己在苜蓿峰前的葫芦河边,那些水草和现在一样葱郁,它们被西风吹得俯向碧色的水面,我的戎装裹在消瘦的身躯上。大地是那么的寂静,只有源于内心的幽鸣,伴着我的身心渐渐升起。我在诗中写道:

"切开大漠流沙的圣灵之光/在它每一块褐色的

石头上／停止了千里迢迢的寻游／大地宽广如巨大的海绵／把阳光、声音吸入它沉沉而眠的肌肤……"

"夕阳中／倾颓的阳关烽燧／如一位醉卧沙场的将士／微微昂起了低垂的头颅／他土红色的战袍／弥漫于无边无际的沙尘"

"明月万里　照旌旗垂首／日月轮回／我可曾是一名戍边的老兵""阳光直射／再也听不到任何的声音"。

这土地是寂静的，寂静得如此宽广，寂静得无边无际。这无边的寂静里蕴含着岁月与生命的再生和消逝，蕴含着茫茫千年的往事，蕴含着依旧在为未完成的夙愿，于大漠荒原上不停游弋的那些不散的亡灵。

这些年我走过许多地方，但甘肃嘉峪关以西，是我走得最多，也是记忆中最深刻的地方。这些年我记住了酒泉一侧的魏晋古墓，那些栩栩如生的画像砖，完成了我们与祖先的对话。我记住了流经张掖、肩水金关，一路流向居延海的弱水河，伴着它的是两岸的胡杨，它们在戈壁的秋天就化成了一片片明黄的金子。我记住了被红柳环绕，沉寂在阳光下的锁阳城，高耸的瞭望台，城边遗址中的灌渠，当年城中留下的滚木、礌石，还有城西北角那座玄奘取经曾居住过的古寺，高高的佛塔历经岁月已化成了土丘，它是否在风雨中还能听到通天河的涛声。当然，还有榆林窟、苜蓿峰、葫芦河、月牙泉、渥洼池，以及为汉王朝的兴盛而腾飞的天马。有多少汉唐文化的经典，有多少丝绸之路上传递的文明。无边的瀚海，寂寞的驼铃，苍凉的烽燧，无垠的戈壁，羌笛，明月，绿洲和葡萄园，我们的前人，有多少戍边的将士，跋涉万里的商贾，朝拜圣地的僧侣。当然还有李白、岑参、王之涣、王昌龄、王维、杜甫、黄庭坚、陆游这些伟大的诗人，为我们留下了那么多千古绝唱、不朽的诗篇。

阳关遗址上的风沙，伴着王维的诗句打在身上，至今还让我的肌肤有隐隐的疼痛。文物滩迷茫的雾气中飘荡着古丝绸之路上不甘沉沦者的梦。

"绝域阳关道/胡沙与塞尘/三春时有雁/万里少行人"

"不识阳关路/新从定远侯/黄云断春色/画角起边愁"

关山、长风、古道，西出阳关无故人的悲凉，残阳、孤烟、羌笛，与心相通的旷古之情，这些仿佛已经融入了我们的血液与躯体中，当我们踏上这里的土地，仿佛就会唤醒另一个曾经的轮回的生命。

寂静，这古老土地的寂静，让我们在幽鸣中倾听。

人在困苦中会生出许多的希望和构想，于是有了神秘的祈盼和无限的向往。这就不难理解为什么在万里瀚海之中会生出一个"敦煌宝窟"。

那年应敦煌图书馆方键荣之邀，为他们编辑的一本敦煌诗选写序，因为敦煌在我心中的宏大、悠远与辉煌，让我一直处在一种惶恐之中。它的光芒在中华民族的历史中是高不可攀的。为一本写敦煌的诗集写序，让我有一种无限的敬畏之感。

因为盛情难却，最后我还是写了一个简单的随感式的序言，下面节录序言中的一小段：

> 因为敬仰而不断地朝拜，一次又一次地行走在这片小小的绿洲和它周边的大地上，也让我对敦煌有了许多亲切之感。
>
> 三十年前，当我从空旷和荒野的大柴旦穿越当金山腹地，第一次看到在茫茫沙原上那片绿色时，内心的激动是无法形容的。敦煌就在我的面前，向往已久的莫高窟就在我的面前。三危山以紫铜的色泽静卧在沙原上，高大的杨树林下有淙淙的泉水声，鸣沙山用凝重的身躯挡住了月牙泉，当一枚暗红的月亮升起在西部的天空，我甚至在一片幽鸣中听到了神秘的乐曲声。
>
> 历史的沉积，岁月的洗礼，那些洞窟，那些佛像，那些飞天，那些佛经故事让我沉醉，让我向往，让我看到了我们的前辈们虔诚的身影，他们为信仰，为梦幻，倾注了一生的心血。在一个洞窟的角落中，我看见一小片遗漏的，没有染色的黑白构线的云纹，

它甚至让我有了某种想象的冲动，也许在夜深人静的某一刻，我会在月光下的洞窟前，遇到那位手提油灯，前来补画的师傅，我会为他擎着灯盏，填上那最后的几笔粉绿和绛红。我不知张大千是否有过这种奇遇，我不知道常书鸿是否听到过那匠人与大师们神秘的话语。

敦煌就在我们的眼前，敦煌也在我们每个人的心中。

在北京我有一个很好的朋友，他曾在敦煌生活过八年，出于对敦煌的深爱，我曾认真地研究过他的与敦煌有关的绘画，并多次与他真诚地交谈。我也为他的作品写过评论和序言。我也曾细心地阅读过许多人的有关敦煌的文字。

因为敦煌，我时时感到甘肃狭长的地带的上方有一颗璀璨的明珠，在甘州、肃州、凉州、瓜州之外，在嘉峪关以西，在汉长城的尽头，在祁连雪峰的北部，在渥洼池畔，有一个让我无限向往的敦煌。

是的，在一些神圣的地方，经常会有一些幻觉，在渥洼池、在苜蓿峰下、在铁门关、在五台山、在魏晋墓、在布达拉宫，甚至在维苏威火山下的庞贝城遗址、在罗马古斗兽场、在莱茵河畔，我会感觉自己以前曾经来过，它们是那样亲切、熟悉，好像我曾在这里生活过。

沙坡头，高庙幽思

那是哪一年，那是20世纪80年代中期，我应邀参加一个在宁夏举办的大学生的夏令营，第一次到了塞上江南的银川。

那时的银川是个小小的城市，最高和最有特色的建筑是清真寺。让人记忆犹新的是那里的西瓜，大而多。一个足有三十来斤，是北京当地西瓜的三倍。据说宁夏人夏季都会存很多的西瓜，到了冬天围着火炉吃西瓜是银川人家的一道风景。

银川面向黄河，背靠贺兰山，是一块风水宝地，难怪西夏王朝在这里经十帝，统治了近两百年。贺兰山下的西夏王陵，在风霜雨雪中屹立了近两千年。第一次到银川，那是一个正午，我们开车到过几个陵墓，车停在墓旁，人可以随意地临近。骄阳似火，贺兰山的南坡蒸腾着气流，像一片褐色的火焰山。荒漠沙地上的陵墓多年失修，围墙风化得像几条矮矮的土岗子，墓体像小小的金字塔，上面长了许多荒草。十几座陵墓散落在空旷的贺兰山前，丝毫看不出往日帝国的威严，如果不是有人指引，以为就是一些形态有些特殊的大土堆。2007年我再次到宁夏，那里已迥然不同。

那天因为在固原返回银川时间安排得不太好，计划中参观西夏王陵的时间有些晚了。我们匆匆地进入陵墓区的大门，淡红色的夕阳为大地镀上了一层金子。经过多年的修缮，王陵已不再是往日的模样，围墙、松柏、红柳、宽阔的甬道。高大的王陵投下紫色的影子，整个天空在夕阳的辉映中是金红色的，那种富丽和辉煌令人肃然起敬。

宁夏应该是中国地域面积较小的省份之一。黄河从这里流过，带来了塞上江南的富饶与美丽。发源于巴颜喀拉山的这条大河，融冰川，过草原，在青海的贵德依旧是碧色的，经刘家峡，到达兰州的时候已经是一条浑浊的黄色的河流。到达宁夏，流经腾格里沙漠的边缘，它拐了一个弯，向北面的吴忠、银川流。我们的祖先们在这里开出了唐渠和宋渠，利用黄河之水浇灌田地，养育牛羊。宁夏有中国著名的鲜嫩可口的滩羊肉，有九道弯的滩羊皮，有优质的"朔方贡米"，那里的唐渠、宋渠至今依旧在利用着。

我看过贺兰山的岩画、贺兰石制作的工艺品，我也登上过贺兰山的主峰。

驱车绕过贺兰山口沿着腾格里沙漠的边缘，绕到贺兰山的北坡，车能开到距主峰峰顶两三百米的地方，余下的就要自己攀登了。贺兰山的北坡与南坡有很大的差异，南坡因干旱缺水，几乎寸草不生，而北坡许多山坳里生长着耐旱的树木。主峰的北坡上是满坡的枝丫横陈的老柏树，树不粗，树冠很小，主干嶙峋，尽现历经风霜雨雪的苍劲，树龄已有上百年了，是冬季的积雪慢慢融化，为这些树木提供了需要的水分。

贺兰山是一条东西走向的山脉，绵延两百公里，主峰海拔三千五百多米。它的确如蒙语所说的，是一匹黑色的骏马，安卧在高原草场与银川平原之间，黄河从它的身边流过，奔向了遥远的大海。它挡住了南下的寒风，也挡住了北上的水雾，它是一道划开不同地域的分水岭。

从贺兰山主峰下来，我们沿着腾格里沙漠边缘的公路返回银川，在那儿，我第一次见到了真正的沙尘暴。我们的面包车沿公路向南，距贺兰山口十几公里的时候，司机把车停了下来，他让我们下车向后看。这时，在北部的沙原上，一道顶天立地的尘土的巨墙正向着我们滚滚地压过来。我们都被震惊在那里，司机大声地喊：赶紧上车，赶紧上车。我们在车上刚刚坐定，飓风卷着沙石，暴风雨般地击打在车体和车窗玻璃上，那一刹那，其他的声音都已无法听到，车上暗得犹如黑夜。持续了一两分钟后，天渐渐亮了起来，沙石击打的声音也变小了，我看见车前的路上，沙子像流水一样涌过公路，整个天空朦胧浑浊，风依旧很大，能感到我们的面包车在风中开着有些发飘。这是大自然的力量，它无时无刻不在聚集着，它向所有的抗争者说"不"，大自然的神奇与力量体现在许多地方。

我多次向朋友们推荐过宁夏中卫的高庙和沙坡头。在腾格里沙漠的尽头，黄河在那儿弯曲着流过，北岸一面高高的沙坡，陡直地立在黄河的河滩上，几百米宽的沙子与河滩衔接的地方，有许多条细细的水流从沙子下面流出来，在平平的泥滩上冲出了细细的纹路，那就是著名的"泪泉"。神奇的是，尽管有四万多平方公里的沙漠就在它的背后，但在黄河面前，沙子停步不前，并不停地淌出来泪水，这就是神奇的沙坡头。沙坡头还有一个神奇的地方，晴天的时候，几个人坐成一排，一同坐着向下滑动，沙坡就会在身边发出嗡嗡的鸣响。天气好的时节，几乎每天都有人在那儿向下滑动，但沙子依旧和黄河保持着一定的距离，它们看着黄河滚滚流动，那些乘坐羊皮筏子的人们去了又来，来了又去，世事变迁，黄河与沙坡的对峙已经持续了许多个世纪。

　　沙坡头的沙鸣与敦煌鸣沙山都很有名，许多人不知道新疆天山北麓的巴里坤草原上也有一处鸣沙山。那年夏天我们从哈密驱车翻越天山隘口，进入了美丽的巴里坤草原。雪山、松林、溪水、草场，那样舒展，那样令人想放开生命的所有羁绊，忘情地呼喊。巴里坤草场是壮美而神奇的，在草场中间竟然孤零零地矗立着一座几十米高的鸣沙山，你如果从上面滑下来，也会听到遥远的雷鸣。风总是从下向上吹的，因此鸣沙山永远保留着不变的高度。那是一片梦境中的草原，那位在天山隘口上卖冰糕、酸奶的新疆老汉，轰着苍蝇吆喝着说："喝吧、喝吧，我们这的苍蝇也是绿色的。"巴里坤有它的自然之美，而沙坡头边的小城中卫，也有它的文化之魅。

　　距沙坡头不远，黄河的北岸上，那座土黄色的小城，就是中卫。20世纪80年代,一座年久失修的庙宇,给我留下了深刻的记忆。高庙就坐落在一个由砖砌成的高台上,因为年代久远,砖由青色渐渐变成了土黄色,拾级而上,庙宇是一座木结构的两层楼,雕花的门窗油彩尽已剥落,露出了木头的本色。因为干燥,所有的建筑保持得十分完好,整座庙宇经过风雨与沙尘的多年磨损,有了浑然的整体感。建筑的结构是精致的,在时间的洗礼中,竟有了难以想象的超凡脱俗之美(我真担心,但我也知道,后来的修缮者一定会让这些岁月的痕迹消失殆尽)。我在一首诗中这样记述了它:

列车穿沙荒而来 / 钻进八月的浓烈阳光 / 有人为一次孤单的旅行 / 在这边远的小城 / 潜入一个漫长而芬芳的下午 // 那座木质的庙宇已老态龙钟 / 飞檐交接,透出几丝往日的神圣 / 楼燕飞鸣,薄暮中有古人穿岁月而来 / 与我的沉思相遇 / 迎面揖手,飘三缕长髯转楼窗而去 // 当这油漆斑驳的古庙 / 浸入满月的清辉 / 干燥的八月之风 / 曾将多少代人的心潮涌动 / 世界依旧,只是痛苦的思想 / 更难以找到往日的安宁 / 不再是高歌 / 不再是吟诵 / 不再是朱颜已改的一片失落之情 / 这亘古至今的寂静 / 已足够人怀念终生

——《高庙幽思》1987年7月

黄昏的时候，我一个人再次来到这座庙宇，在异乡的孤独中听吃过晚饭后的孩子们可爱的吵闹声。在那里眺望荒漠中的远山，突然有了一种想家的感觉。古往今来，在平凡的日子里，我们曾逝去了多少值得珍视的情感。

嘉峪关和魏晋墓

我曾多次到过嘉峪关,它和山海关互为明长城的起点和终点。一个面向西域连绵不绝的瀚海,一个面向渤海的波涛。老龙头将最后的手臂伸向了大海,而嘉峪关的长城第一墩,居讨赖河多年冲击形成的峡谷之上,依峡谷和祁连的峰峦连接成了河西走廊的屏障。

第一墩到嘉峪关城关的城墙,与西域的汉长城一样,也是干打垒的土长城,经几百年的风化,由一层芦苇,一层黄土,筑起的墙体层次分明。讨赖河是一条黑色的河流,它常年流淌着祁连雪峰融化的冰水,几十米深的沟壑裸露着黑色的石头,与第一墩在阳光下的金黄色形成了强烈的对比。"山洪、融雪冲刷的巨壑在它的脚下/天然的屏障衔接起绵延万里的长城……我们无法知道 它残破的褐黄色的身躯里/到底凝聚了多少戍边者的灵魂",这是我第一次看到第一墩时所写的诗句。从这里开始,关山逶迤,多少戍边的将士,与这条万里的巨龙,共同护卫着家国的安危。

嘉峪关是一座中国式的，设计十分完整而规范的城关，但它自建成没有经历过一次战争。几座城门中的条石，被出入关口的车马踏出了岁月坑洼不平的痕迹。嘉峪关在祁连山和黑山之间狭长的山谷中伸开双臂，一边是延伸到祁连山脚下第一墩，一边是攀上了黑山之巅的悬臂长城，它已在这里雄踞了六百年。青砖砌成的高大而宽厚的墙体，坚固而雄伟，马道、瓮城、游击将军府、演兵场、戏台……应有尽有。几座三层的城楼设计精致、庄重秀美，是典型的中国木质结构楼宇建筑。嘉峪关作为一座独立的、兼有驻军和预防功能的城池可以说在冷兵器时代是无可挑剔的完美建筑。在城墙的一角，一块白色的大石头，被人们用小块的石头敲出了深深的凹痕，当人们静下来，石头叩击的声响，在城郭内的回声，像极了家燕的鸣叫。是谁发现了这个秘密，不知它曾为戍边的将士们带来了多少思乡的幽情。

第一墩、嘉峪关城关、悬臂长城连成一线，从远处望去：

祁连雪峰遥遥地飘在那儿／犹如夏日里大漠上的几朵浮云／关楼也摇曳于蒸腾的气流中／它毅然地展开双臂／截断了通往西域的坦途……大漠茫茫夕阳火红／嘉峪关身披橘色的战袍／矗立在黄昏的一片紫色中／多像一位绝世的英雄

——短诗《嘉峪关》摘句

从嘉峪关城楼，可以看到酒泉，这座已有上千年历史的汉代古城淹没在高耸的现代楼群中。在这座古城边的一隅，一片沙原上，有一片古墓群，那就是著名的魏晋墓。它们在沙原上微微隆起，就如同一个个的小沙丘，但这些沙丘的下面却埋藏着一千六百年前的历史。

墓穴是由青砖垒成的，一般有两三个墓室，人弯着腰可以通过墓室间的通道，墓道间的拱门垒得十分考究，墓室都是拱形的，一人多高，四周的砖壁上镶嵌着许多的画像砖，它们记录着墓主人的多种生活场景和生活起居用品。那些画像砖的图案用白、黑、红三色画成。我第一次参观时，那些砖上的画面，就像刚刚画完的，笔触清晰、色泽鲜活、画面生动，令人震惊。画像砖上的耕牛、猪、羊、马匹、用人、耕作者、屠夫、访客、信使，还有男主人的宴会，女主人的出行，粉白、棕红和墨色，三种色彩那样简约地呈现了以往。那些质朴的生活场景镶嵌在四壁上，好像千年之后的我们也能步入其中。那是一个农耕时代的全景图，魏晋墓的画像砖，用画面向我们展示了一个时代生动而鲜活的文化与生活。

在魏晋墓展览厅中，出土的棺椁上，华丽的金色云纹里，飘浮着伏羲和女娲的人首蛇身像，太阳中的三足金乌，把逝者的幻想化作了对另一个世界的希望。

从阳关到锁阳城

那年在敦煌参加阳关博物馆建馆十五周年庆典，会后馆长纪永元先生委托诗人胡杨和莫高窟退休的金牌解说员老马，同我们一道走了榆林窟、西千佛洞、锁阳城、葫芦河、嘉峪关，再到额济纳参观胡杨林。老马在敦煌工作了很多年，他是从十几岁当维修工开始在莫高窟工作的，因此他知道许多洞窟其他人无法知道的观察角度和修缮往事。后来，经认真研读各种资料，老马成了一名解说员。他的解说和那些经过培训的一般解说员有很大的不同，他曾给许多外宾和重要客人做过洞窟的讲解。他带我们看过九层楼的大佛，释迦涅槃卧佛。这些佛像，他都曾修缮过多次。诗人胡杨也是一位河西走廊的研究专家，写过很多这方面的书。他就是一位生于和长于敦煌的人，他写过几千首以家乡为蓝本的诗。有了他们的陪同，我们的行程增加了丰厚的文化含量。

阳关博物馆的纪先生是一位画家，后筹建了阳关博物馆，那是一座仿古的城郭，坐落在阳关烽燧与文物滩的中间地带，城内是阳关历史和历代古兵器博物馆，馆藏极其丰富，有些兵器多得让人叹为观止，从攻城到守城的各种兵器，到历代的刀、枪、箭、弩等冷兵器。游客参观过兵器博物馆后，还可以仿照古人领到通关文牒后出阳关关隘。走过王维纪念像、古兵营，登上文物滩观览长廊，高高的沙坡下就是那条通往西域的汉唐古道，以及因上千年的兵戎战火、风霜雨雪，早已夷为平地的驿站和关隘，它们与西域大漠早已融为了一体，现代人们称它为文物滩。纪馆长说，为了保护文物滩，现在不允许人再进入了，以前他们在文物滩用脚轻轻一踢，也许就会捡到古钱币、瓷片、陶片或其他什么的。

记得第一次登上观览长廊，迎着午后的西照，文物滩在一片混沌的迷茫中，从戈壁吹来的西风在耳边呼啸，听不到以往的马嘶与驼铃。沿着坡下那条汉唐古道向前，就能抵达著名的汉代的玉门关了。

汉代的玉门关，只剩下残留的几段很矮的风化严重的黄土城墙，以及一个比一般烽燧大一些的方形城郭，同样也是干打垒的土墙。进入门洞，里边的面积比两个篮球场大些，以前的驻军房屋已不复存在。我们是中午前到达玉门关的，晴空万里，风很大，沙尘不时地打在脸上，戴着墨镜，眯着眼睛，光线依旧刺目。据说有人曾看见一位日本老年妇人在城边痛哭，一问才知道，她说自己受骗了，因为对唐诗的热爱，对阳关、玉门关的向往，攒了许多年的钱，千里迢迢来到中国，看到的只是几个土包包……也许，这是对中国文化潜在意味缺少了解的一个极端的例子，玉门关的残破中到底包含着多少代人的风云与硝烟，我们心中的西风与落日，苍凉与相思，要求它们在一位外国人的心中也有那种沉郁与怀念之情，也许是有些过分了。当然，她在唐诗宋词中知道的玉门关也并不在这里，而是还要向东后退到瓜州以南，离汉代的玉门关还有几百公里的戈壁之路。

从汉玉门关再向西，就是后来开发的新景区"雅丹魔鬼城"，它靠近罗布泊。几十平方公里的雅丹地貌，那些形态各异的土丘，在光影变幻中，仿佛在给我们演绎某些洪荒的历史或无法预知的未来。

回来的路上，我们还去了汉武帝梦到天马的沃洼池。西域的战马，为汉代的强盛的确是功不可没。榆林窟、西千佛洞的洞窟与莫高窟的规模无法相比，但也有不同的相互比较后的启示与触动。西千佛洞与莫高窟和榆林窟不同的是，它是西夏的佛教洞窟，有着很多不同的异域文化特色。

在古瓜州的南边有几处大漠之上较为奇特的景观，我说的不是双塔水库，而是葫芦河、苜蓿峰和锁阳城。瓜州又称安西，康熙平安西部之后改瓜州为安西。那里的文化馆很有西部特色，仿照汉唐烽燧的土黄色建筑，很小，但有味道。瓜州是中国书法家草圣张芝的故里。西千佛洞的《玄奘取经图》中画的石磐陀就是生活在瓜州的胡人，他作为向导，送玄奘夜渡葫芦河，偷过玉门关，西天取经，他就是齐天大圣孙悟空的原型，那么应该说，"孙悟空"出身胡人，号称猢狲也有道理，瓜州也应是他的故里。唐诗中的玉门关,不是我们前面写到的汉代玉门关。唐朝玉门关搬到了苜蓿峰下,现在的双塔水库的所在地,它被淹没在改天换地的"大跃进"中了。

唐朝诗人岑参在天宝八年(749年)西出玉门关时写过一首诗《题苜蓿峰寄家人》:"苜蓿峰边逢立春,葫芦河上泪沾巾。闺中只是空相忆,不见沙场愁杀人。"这是一首人在边陲,想念家人的思乡诗,一般化了。我在甘肃、新疆都见过岑参一些戍边之作刻在岩壁之上,在库尔勒蓝色水流的孔雀河边的铁门关,它的诗让那座小小的通向焉耆草原的关隘有了历史的灵性。岑参在那首思乡诗中同时说到了两个地名,苜蓿峰与葫芦河。苜蓿峰是出玉门关的第一个烽燧,它下面的葫芦河就是从祁连雪峰发源的流向罗布泊的疏勒河的一个分支。现在因为有了双塔水库,它便汇入了其中。这条支流上有两片瘦长的像两个葫芦的积水洼地,岸边长满了芦草,晴空映着水波,不远处就能看见沙丘之上的苜蓿峰。陆游也写过有关苜蓿峰的诗,他梦中希望宋帝御驾亲征,收复汉唐失地,安西失去几百年了,那里早已没有了我们的营地与关隘,"苜蓿峰前尽亭障,平安火在交河上"。作为爱国诗人,他一生都期盼着中原的复兴,收回胡地。在那首知名的《示儿》中,他说:"死去元知万事空,但悲不见九州同。王师北定中原日,家祭无忘告乃翁。"他所生活的宋朝是历代疆域较小的朝代,那些唐宋诗人们写到的西域风貌,他只能在向往之中,再也无法只身抵达了,这种悲哀是那样深刻地体现在了他的诗词中。

锁阳城我到过几次，它是河西走廊尽头一带保留得最完好的古城遗址了。登上十几米高的瞭望台，一座完整的城郭尽收眼底，远处有浮于云端的祁连雪峰，近处是连缀成片的红柳林，那么多、那么密，它们在干燥的风中起伏摇曳，仿佛要向我们诉说锁阳城的今昔。遗址整体处在一片迷茫的戈壁之中。锁阳城原来叫苦峪城、瓜州故城或晋昌古城，传说薛仁贵西征，被敌军困于城中，官兵靠锁阳度日，经数月破敌解围，后人将其改名为锁阳城。锁阳是一种在沙地上生长的、样子像瘦长的胡萝卜的中草药，有补肾壮阳的药效。它初夏长出地表，秋天成熟。我曾在锁阳城的红柳丛中看到过许多株。

在锁阳城的东北角，有一座至今还保留着几座土塔基的塔尔寺。《大唐西域记》中记载唐玄奘在此讲经多日，等待时机，偷渡出境去西天取经。我曾两次爬上过那座十几米高的主塔的塔基，看到许多散落的琉璃瓦块和瓦当。我在一首短诗中写道：

这曾是古老的瓜州／红柳簇拥着秋阳下破败的锁阳城／／远处的疏勒河曾送走了西行的玄奘／一座佛塔在城东期待为土丘／历史的尘埃掩住了以往的街市声／／城中的眺望塔高如当年／一座汉唐的边塞重镇／只有红柳在艳阳下宣泄着它的浓艳与孤独／／玄奘西去　听见了通天河的喧响／太阳天天照耀着被世界遗忘了的锁阳城

——录短诗《锁阳城》

锁阳城曾是一座水草丰盈、沟渠纵横、良田万亩的城市。有内城，有外城，生活区和军事区东西分开。有很好的防御工事，在南部的城墙一角，现在还存留着当年的滚木礌石。锁阳城始于隋唐，曾被吐蕃、西夏所用。明末，锁阳城历经千年的战火与盛衰，被彻底放弃。正如唐朝诗人王昌龄所写的："青海长云暗雪山，孤城遥望玉门关。黄沙百战穿金甲，不破楼兰终不还。"因为水脉的变化，三百多年来，锁阳城真的成了一座荒漠之上残破的孤城。但如果你真的站在它的面前，依旧会被它的遥远的逝去的余晖所照耀。

肩水金关和额济纳胡杨林

在从金塔到额济纳的路上，可以远远地看见肩水金关的遗址，它坐落在弱水河的岸边，同阳关一样等级的重要关隘，因为缺少了王维的《阳关三叠》，历代很少有人知道这座关口的存在。这里出土过一万多枚汉简，那是一次考古的重要发现，也让当代的人们开始注意到这个关隘，以及它有意味的名字。

离肩水金关最近的地方是金塔，那里离酒泉卫星发射中心也不远，有一次我在金塔机场下飞机到嘉峪关，傍晚时分，汽车走在那片茫茫的沙原上，在一望无际的褐紫色的微茫里，肩水金关，只是夕阳下仅存的那么一点点金黄，像个发光的黄豆粒，或昏暗中刚刚点燃的一粒灯火，一晃又很快地熄灭了。在这边陲的大漠上，它就那样孤独地站立了上千年。

黑河从张掖向北，流入戈壁之后就被称为弱水。汉长城沿弱水河而建，凭借着河流，曾阻断了北方的胡马、强弩与刀兵。肩水金关就站在弱水河边，它虽化为了土丘，但依旧用一腔固若金汤的热血，凝视着紧邻的火箭发射基地，射向天宇的现代神器。沿着弱水河再向东就是水网密布、胡杨丛生的额济纳了,它的北面就是居延海。

王维的诗《使至塞上》诗中写道:"单车欲问边,属国过居延。征蓬出汉塞,归雁入胡天。大漠孤烟直,长河落日圆。萧关逢候骑,都护在燕然。"慰问戍边将士,路过居延之地,当年的蒙古族居延部族只留下了这个名字,成为这里的地名。当年跟随卫青、霍去病的将士们也化作了尘烟。在茫茫瀚海之中,孤烟耸立,落日长河,悲壮之情溢于言表。王维在这首诗中写到的地域是那么开阔的一片疆土,从宁夏的萧关,到巴丹吉林沙漠的居延海,再到燕然山(今蒙古境内的杭爱山),纵横几千里,地域之广阔,大漠之浩瀚,路途之辛劳,心灵之苍茫,是可想而知的。

居延海由弱水网汇流而成海,在交错的弱水河畔,胡杨林蔚为壮观。这些年的秋天成了观赏胡杨林的圣地,我们于十月之初到达的时候,正是胡杨叶变成"金子"的时节。我在诗《秋风中的额济纳》中记下了那时的风景:

是因为十月的阳光而一片金光灿烂 / 是因为秋天的清澈而耀眼与明亮 / 不是因为这古老的胡杨 / 那么多金色的叶片落在了弱水河上 // 河水金黄流向同样古老的居延海 / 在巴丹吉林沙漠的腹地中 / 古老的弱水河从南向北 / 流到这里漫延成河的蛛网 // 额济纳因遍布的河流与胡杨 / 成了太阳底下的一

块金子

　　这里的胡杨树都不粗，相比于我看到过的塔里木盆地中部、塔里木河流域的胡杨林小了很多。那年，我们从库尔勒延纵穿塔克拉玛干沙漠的公路中部看到的，有很多需要两三个人才能环抱的胡杨树。因为塔里木河前些年缺水，许多树木都已因干涸而亡，我们看到时，林木正在回复之中。有人说，胡杨是最长寿的树，千年不死，死后千年不倒，倒了千年不朽，这只是传说。那棵被从伏尔加河流域东迁定居在额济纳的土尔扈特人称为神树的胡杨，树龄也只有八百年。在干旱的沙漠地带，树木不易腐朽，确是一种自然现象。

　　在额济纳有一片怪树林，那是一片死去的胡杨树。嶙峋的树干纵横交错地置于一片戈壁之中。它的附近有隋唐古城——大同城的遗址，它们共同标志着逝去了的历史和消逝了的岁月与年代。

　　那天，我们一行人下午四点抵达怪树林，晴空突现乌云，冷风起处还飘起了沙粒般的小雪。幸亏车上带了防寒的衣物，十月初的天气，竟那样寒意逼人，我们穿了薄的羽绒服，依旧不敢逗留。匆匆照了几张相，就赶快上车离开了。冥冥之中，好像真有神灵显现，它在告诉我们当年戍边将士们的艰难与悲苦。正如岑参诗中所写："北风卷地白草折，胡天八月即飞雪……狐裘不暖锦衾薄……都护铁衣冷难着……"

　　在著名的边塞诗中，我们感到的都是思乡、离愁、奇崛与

186

荒芜，即使优美的诗句，也是借用中原景物："借问梅花何处落，风吹一夜满关山""忽如一夜春风来，千树万树梨花开"。而现在，当年的边关之地已不能同日而语。额济纳的那片秋日的金黄，是那样的诱人，当你走在弱水河畔，胡杨扇形的叶片蝴蝶一样盘旋着落入暗蓝色的流水中，它们铺满了甬路、洼地，金灿灿地闪烁在阳光下，那种丰满之美，令人忘记了它们曾是大雪满弓刀的北地边关，当然，我们再也感受不到"黄河远上白云间，一片孤城万仞山"的那种悲壮之情。

先秦故地和麦积山

行陇南，走西汉水，重读《诗经》中的秦风十首，突然有了一种身着锦裳，腰配美玉，骑骏马，在蒹葭苍苍的季节寻找在水一方的美女的梦境。有许多地方只有去过，只有双脚踏上了那片土地，你才会感知它不同的韵味，才能体会那些诗词中简约而生动的描述。

当我几次行走秦地，再读《诗经》中的秦风十首，切实有了和以往很不相同的感受。那是一片水草肥美的土地，是秦襄公因护送周天子有功而得到的受封之地，也是秦人为周天子牧马的地方。从终南山到西汉水，从祁山堡到大堡子山。两千多年前的那些风物人情，两千多年前发生在这片土地上的故事，依旧那样令人动情。

那在渭河边送别亲人的相互依恋，那乘华车找好友及时行乐的贵族，那在终南山中游玩的君王以及狩猎的人们，他们的宝马香车，锦带霓裳都仿佛历历在目。还有《蒹葭》《小戎》《晨风》三首，所描写的爱恋与相思，那依山傍水的秋色之美，那栎树错落，桑树斑驳的山地风景，那令人思念与担心的、驾战车在战场上拼杀的温润如美玉的郎君，我们还有相见的机会吗？还有虽没有衣着，但还有可"与子同袍"的兄弟之情，还有因家族的衰败，那逝去的过往，再不能丰衣足食的现实生活，这已不再是一点点简单的感慨，这是残酷的生活现实啊。而最让我动容的是《黄鸟》中对秦穆公的控诉，为其殉葬的都是那些优秀的人物，英勇的将士和聪慧的臣子，为什么要被无辜地埋葬啊，如果可能，我们都愿意代替他们去死。送别、相聚、狩猎、战争、相思、殉葬，现实的生活，人们的喜怒哀乐，通过诗歌生动地呈现在我们的面前。

那些被发掘的，山顶上的祭祀台地与宗庙，那些君王与贵族的陵墓，它们按照周易的指引，与日月的方位，有序地排列着。我在礼县博物馆看到，那些礼器、乐器和随葬品，散发着青铜的苍绿色的微芒，据说大堡子山的秦先祖墓多次被盗挖，而拥有地下千军万马的始皇帝，也无法阻止那些盗墓者们无法无天的劣行。

从大堡子山向东，在西汉水边有一座盐官古镇，一座盐神娘娘庙，一口盐水井，几间简陋的作坊，几位老人，在这里保留着先秦大地上最古老的制盐方式。井水离地表很低，伸手可取。一位老人将用瓢取出的水倒入院子中一堆黑色的泥土的窝窝里，在阳光下晾晒。从晾晒过的泥土中淋出的卤水，放入锅里，熬出淡灰色的盐。我第一次去的时候，一座破旧的民房一样的土墙的院子，北屋供奉着盐神娘娘，东西屋被熬盐的烟火熏得漆黑，两位上了年纪穿着黑色棉袄的老人在院子里忙碌着，一位在西屋里烧火煮盐。他们基本不与来客对话，默默地在那里移动着，让人突然有了某种回到了远古时代的幻象。

我们尝过有海水一样苦涩的井水，这是先秦大地上最古老的咸，它养育着这里的人们，也曾养育过那些驰骋于中原大地、踏平了商王朝的战马。十几年后，我再次来到盐官镇，熬井盐的院子焕然一新，镶了许多砖雕的青砖院墙，两进的院落，门楼、新盖的有飞檐的盐神娘娘庙，六菱形的刻了字的井口。那些晾晒和熬盐的泥土和往日熬盐的人已经都不见了，那里成了一个没有丝毫现场感的旅游景点。

从盐官再向东，西汉水环绕的祁山堡没有变，还是那座几十米高的小山，还是那座隐在树丛中的古城堡，走进拱形门洞。沿着山路就到了武侯祠。站在堡的最高处，可看到绵延几十里的西汉水和它北面的兵家重地——祁山。祁山堡是扼守西汉水流域的进可攻、退可守的城堡要塞，隔着河谷的山上，还有一座遥相呼应的堡垒。祁山，因三国诸葛亮六出征伐而闻名于世。这兵家必争之地，也是陇蜀的冲要分割之地。这座小小的山上的城堡，是见证过一位伟大的军事家，不屈不挠进取精神的故地。如果没有人提示，人们驱车路过，一定不会被这座形似窝头的绿色小山而吸引，但它在中国的历史中是那样的名声显赫，有那么多令人难忘的故事和人物值得我们铭记。

从祁山堡再向东，从最终汇入嘉陵江的西汉水流域进入渭河流域。陇地与蜀地的分界，应该与河流与山脉的走向有关。

渭河穿城而过的天水，同祁山一样，是读过《三国演义》的人都不会忘记的一个响当当的名字，天水是中国的历史文化名城，已有近三千年的建城历史。它是拥有伏羲文化、大地湾文化、秦早期文化、麦积山文化和三国古战场文化五大文化的城市。

华夏的人文始祖伏羲，人首蛇身，创八卦、文字、音律、陶器，让人们进入文明的社会生活，他是中国的造物之神，他与女娲开天辟地，引领人们度过大洪水时代。天水从周和秦时起，便成了祭奠人文始祖伏羲氏的地方。

传说中的伏羲故里大地湾，那里的彩陶，兽骨、器皿已有近八千年。秦几次迁都，天水一直是它的重要领地，也是其发展壮大的地方。《三国演义》中的天水关收姜维、失街亭斩马谡的故事更是人们耳熟能详的。

在甘肃北部的茫茫戈壁上，有神奇的敦煌的月牙泉和莫高窟而享誉世界。而它的南部，有天水麦积山石窟令世界瞩目。一座孤峰凸起的，形似麦垛的小山，它岩壁洞窟中的雕塑与莫高窟的壁画形成了不同的世界文化遗产。敦煌以壁画著称，而麦积山以雕塑立世。我曾有幸五次瞻仰过莫高窟，三次拜谒了麦积山，而秦地是我还想再次行走和向往的地方。

行走在最古老的土地上

远离了高速公路，在那些名不见经传的山中行进，山坡上树木杂陈，道路曲折迂回，在这样的地方，我们有可能回到以往的最朴素的生活中。

十几年前，我和牛庆国、蓝野等诗友，同乘一辆中巴，从兰州出发，走临洮，经渭源，过莲花山、首阳山，到天水。一路上遇到了许多神奇的事，有时，甚至有了某种穿越之感。甘肃陇西莲花山一带，是青藏高原和黄土高原的过渡带，那里海拔两千米左右，降水较多，是大禹疏渭水、三过家门而不入的发生地。宗教圣地莲花山，又叫白玛山，也被人们称为西崆峒山，多种民族在这里生活过，多种宗教也在此地繁衍。

十几年前的陇西渭源，还是一个自然而偏僻的地方，我们沿着乡间公路蜿蜒曲折而行，途经一个山坳时，不远处突然传来了花儿悠远而高亢的曲调，听不清唱的什么，但那曲调在山坳里显得那么自然而动听。循声看去，一位十几岁的少年，坐在一棵很大的老槐树的枝杈上，唱着花儿。听到我们的车声，他停了下来。我们下车与他交谈，是一位放羊的小羊倌，羊在山上吃草，他爬上大树唱给自己和羊群听。莲花山一带，每年六月有花儿会，这个传统已经有几百年了，因此，这里的人们都会唱几句花儿。我们请他再唱一首，但那男孩有些不好意思，我们也不好再强求。聊了一会儿，知道他是个中学生，暑假回家帮助家里放羊。那棵老槐树应该有几百岁了。我们问了首阳山的所在，他说前面不远就是了，于是挥手告别继续赶路。当车转过山坳，身后又传来了那个少年的歌声，在山地中是那么悠然而空灵，像是在为我们送行，或许也算是对我们请求的应答吧。那声音是那样的自然而美好，有时偶然想起，就会回荡在心中。十几年过去了，那个唱花儿的少年现在生活得怎么样了？这偶然的路遇，甚至让我时常有了一丝惦念，那个山间的少年歌者现在应该有三十多岁了。

　　转过几个山坳，在一个缓坡的岔路口，我们看见一个穿灰色衣裤的中年人蹲在路边，下车问路，才看出是一位卖蛇人。一个笼子里装着几条大小不一的蛇，在这穷乡僻壤，我们一路上也没有遇到几个人，他的蛇要卖给谁呢？交谈中，他的话我一句没听懂，但他似乎知道我们要去伯夷、叔齐墓，便向一条草木丛生的小路上一指，就不再说话了。我们惶惶然向那条小路进发，几百米后就看到一个青砖砌成的像一个门楼的碑座。碑文是："有商逸民伯夷叔齐之墓"，碑文字体端正、大气，细看是左宗棠所书。碑后一小山的右侧，在草木之中，一座高有丈余，长满了草木的很大的坟丘矗立在那儿。我们驻足仰望，那一片葱茏的坟茔已经许久没有人来过了。我们随地摘了束野花儿，献于墓前，行礼叩拜。为了表达敬意，我们一行又拂开荒草，绕墓地转了三匝，后在静默中离开。再到那个问路的山口时，那位神秘的卖蛇人也已不见了踪影，好像冥冥之中，他就是一位来为我们指路的人。

首阳山在下午的阳光中投下它深绿色的身影，伯夷、叔齐已经长眠了三千多年。他们当年从燕山的孤竹国，一路西进，投奔以礼治国的周文王，文王已辞世，武王欲伐纣，兄弟二人拦马进谏不得，延著渭河而上，至首阳山，因不食周粟而亡。这个发生在三千年前的故事，到底是贤者守礼，还是愚夫凝滞，不同的人们各取所需。也有人说，他们的死，是中国原始民主社会终结的见证。尽管其说不一，但这故事之中，却有许多有意味的情节值得我们思索。于是历代各地建了五座伯夷叔齐墓，河南三门峡偃师首阳山，陕西岐山首阳山，河北迁山首阳山，山西和顺首阳山。而根据史料考证，最正宗的还应是甘肃渭源的首阳山。

"登彼西山兮，采其薇兮。以暴易暴兮，不知其非矣。神农虞夏忽焉没兮，我安适归矣？于嗟徂兮，命之衰矣！"这是伯夷去世前作的《采薇》歌，源于《史记》，是司马迁所记，是否真有其歌，我想还应考证。作为这样的作品，本应收入《诗经》秦风之中，那也应是最好的作品了，但为什么孔圣人将其遗漏了？

出了首阳山，我们又拜访了一座莲花山的道教寺院。寺院在一个平缓的坡地上，有些荒芜，大门洞开，呼之无人应答，我们径直进入甬道也长了许多荒草的院子。这时，西屋走出一位灰袍长发的道士，脸上仿佛涂了烟灰。与其问候，所答均非所问，体态羸弱，随风而飘。

我突然想到那个卖蛇人，想到莲花生大士，想到了云游五届，羽化于此地的广成子……

那时的渭源县城还很陈旧，没有什么生机，但让我震惊的是那座跨度很大、造型很美的廊桥。据说它始建于明洪武年间，是渭水上游第一桥。历代几经翻修，又于1934年重建了一座纯木结构卧式悬臂拱桥。我们看到的是一座年久失修，不能登临的陈旧而巨大的廊桥。因为渭水已不再是一条滔滔大河，宽度三十多米的河道中，只有宽不盈尺的涓涓细流，沿着干涸的河道，可以走到桥下，依旧能看出木质结构做工的精巧。据说廊桥上悬挂着历代名人对这座古桥的题字，新桥建成后，又增加当时一批民国政要与名人的题字。历史变迁，山河更迭，这里曾是中华文明最早的发祥地，从伏羲到商周，从大禹治水到这座美丽的廊桥，这的确是一片古老而神奇、水土丰盈、气候宜人、适于生活的土地。

不记得是哪个村镇了，我们路过时有些微雨。街道仿佛是石板路，两边的铺面都是经年累月后变成了深棕色的木板门窗，真仿佛到了四川或江浙一带的山里的某些村镇。再向前走，一直平缓的道路陡然开始下降，汽车沿"之"字形道路下了一个很大的陡坡，回头看时，我们是从足有百米的高台上，下到了一个河谷地带的平原上。有人告诉我，前面就是天水了。

这时天边涌上来一片乌云，夕阳从山边斜照过来，那乌云发出半透明的深墨绿的色泽。不知为什么，我突然想到了在临洮看到的那块有月出云端图案的洮砚。那砚做工极为简单，一块椭圆形的岩石，简单的打磨与雕刻，桂树枝边透过墨绿色的石韵，一轮隐约可见的明月浮在其中。"明月出关山，苍茫云海间。长风几万里，吹度玉门关……"这是巧夺天工的制造，我想它也一定是这片古老而神奇的土地的象征。

神奇而苍凉的西部风情，在大自然中，在历代文人们的诗与词中，它们也深深地印在了我的身心之中。

诗人散文
SHIREN SANWEN

散点观花

一只靴子上的文明

如果说意大利是一只踏入地中海的长筒靴子，庞贝正好在它的前脚腕上。那不勒斯海湾养育了最早的庞贝人，自公元前8世纪开始，到公元前几十年，几百年间，渐渐形成了一座古罗马第二大的繁华都市。公元79年，维苏威火山爆发，庞贝城消失。将近两千年后，被发掘出来的庞贝城，我们依旧能感知到它，城市管理得有序和文化生活的发达与繁盛，所有这一切依旧令我们为之震惊。

2011年初夏，我们从德国的法兰克福驱车经瑞士进入意大利，从西北到东南，纵穿了这只踏在地中海上的长筒靴子。那是五月，到处盛开的洋槐花，随处可见的古老文明的遗迹，一路伴随着我们。那些历史文明的幽香，深深地浸入了我的心中。五月的意大利已经有些温热了，但阳光总是那样明媚，我们一路向南，最后抵达的是闻名世界的伟大的罗马古城遗迹——庞贝。

穿过德国南部的黑森林，绕过瑞士的一角，我们最先进入了威尼斯，一座有些破败了的水城，但过往的繁华依旧显而易见。上百年的棕色调的楼群、水道、街巷和大大小小的桥梁，构成了错综复杂的威尼斯，它就是一座庞大的水上迷宫。背静处的房子有些很破旧了，有的看上去已经空置了许多年。但圣马可广场是富丽而堂皇的。大教堂的庄严、杜纪宫的华丽、象征威尼斯国门的两根巨大的石柱，长着翅膀的狮子，斩杀巨龙的英雄雕像，分立于两边的石柱上。还有最高的方形尖顶的红色钟楼，白色的有美丽廊柱的图书馆，这些几个世纪前的建筑，每一座都充满了魅力。在圣马可广场上，我被巨大的游轮震惊过。当我流连于周围建筑上的雕塑之美，回头看向广场一侧的海，那里的海却突然地消失了，一座高大的，有十多层的楼体，遮住了广场一侧所有的海面，仔细看，才知道那是一艘游轮在缓缓地驶过，游轮上的人像无数个小黑点，他们在眺望广场上的建筑，并与岸上的人们相互招手致意。

亚德里亚海的波涛总是激荡的，各种游船漂浮在水上，装饰华丽的贡德拉在水巷中穿行，城市周边的彩色岛、玻璃岛、电影岛各自有着不同的魅力。

离开威尼斯我们一路向南，世界服饰之都米兰、著名的比萨斜塔，还有被民国时代翻译为翡冷翠的佛罗伦萨，都是独特的。站在佛罗伦萨的老桥上，能看到乌菲奇美术馆。那里的波提切利、达·芬奇、米开朗基罗的作品，让我们能如此近距离地体验大师们的真品。在那座老石拱桥上，曾是但丁与贝娅特丽相会的地方。拉斐尔、达·芬奇，米开朗基罗、伽利略或许同我一样，也曾地站在这儿，眺望过阿诺河的晨辉与落日，那是一座陈旧但充满了历史记忆的桥。

在意大利的公路上行驶，有许多土红色的古老的村庄，在起伏的山地缓坡上，树冠细高的丝柏分散在房舍的四周，高出所有房子的是古堡的瞭望塔或教堂的尖顶。到处都是古迹，到处都是文物，这是一个充满了几千年文明史的地方，亚平宁半岛的文明同我们古老的中华文明一样，到处都布满了悠远而珍贵的遗迹。

当你走进罗马古城，这种感觉就会更为强烈。坚固的石头城墙，高大的松树伸展开像绿色的云朵一样的树冠，令这座文明古城，增添了优雅而神秘的美。古罗马广场，从地下到天空，此起彼伏地堆垒着十几个世纪的殿堂、纪念柱、雕塑、城堡、斗兽场、纪念馆……当你站在那儿，会有一种无法自控的时空穿越之感，如果不是身临其境，真的不可能体会到那种震撼与惊讶。在我的知识范畴之内，我以为罗马古城是世界上任何一个城市都无法与之相比的，而两百公里之外的庞贝又是一个极端的特例。

一座始建于公元前4世纪的城市，一个古罗马的第二大的声色犬马的繁华的商业城市，一座被火山熔岩覆盖了将近两千年的城市，一座经一百多年发掘又再现于我们面前的城市。它给我们带来了无限的遐想，它真切地告诉我们，两千年前的古罗马人是如何生活的，它还告诉我们上千年的农耕文明史中，人们的生存状态，那种缓慢的进步与变化也是有限的。

众神之王朱庇特神庙、太阳神阿波罗神庙、市政府议事大厅、商场、大剧院、斗兽场、蒸汽浴室、染坊、面包房、比萨店、妓院、贵族庭院、民居、有车辙和限速装置的石头街道……井字形的主干道和许多小的街巷，有七座城门的石头砌成的，整体呈长方形的坚固的城墙，构成了这座庄严而神秘的酒色之城。从市政广场越过残存的罗马石柱看到的，就是那座高大的维苏威火山。沿着公路可以上到山顶观看火山口，从那里向南看，就是那不勒斯蓝色的海湾了。

那年我们从西侧的缓坡，走进庞贝拱形的西大门，首先看到的就是市政广场。火山灰几乎压垮了所有建筑的屋顶，却保留了壁画、雕塑和石头的墙体与廊柱，那些石门上的浮雕、橄榄枝、葡萄藤，雕刻得那样优雅而生动。贵族庭院里的马赛克地面拼图和精致的铜雕儿童立像，告诉我们两千年前人们对美的追求水平与品位。石头铺成的十米宽的街道，有着深深的车轮碾轧出的辙迹，十字路口还有石头做成的，高出路面的马车减速带，有些像现在的斑马线。剧场、竞技场、浴室和各种店铺的宣传广告，各个不同阶层的竞选标语，发现了六百多种，这让我们看到了两千年前的商业方式、民主与文明。歌剧院的舞台和层叠的石头观众座席，棕色花岗岩巨石垒成的大竞技斗兽场，让我们遐想那时人们的生活。我走在那些街巷中，抚摸着残破的火山石垒成的房子，那些有烤面包炉和比萨炉的食品店的台面，蒸汽浴室美丽石雕的出水口，也许古罗马时代的人们，会从一块丝绸谈到神秘的东方，而我们的丝绸之路上，那时或许正行走着来自古波斯或古罗马的商人们。

据说一百多年前，因挖沟渠，一位工程师发现了一些当时宗教不容许存在的色情的壁画，这位有头脑的工程师记录后又将那些壁画埋了起来。后来，经一百多年的逐步发掘，一座庞大的古城渐渐展现在我们面前。一座有辉煌的神庙和庞大竞技场的城市，一座有蒸汽浴室和几十家妓院的奢靡之城，我们从壁画、浮雕、马赛克拼图的细节中感到了古罗马时代的文明与繁荣。一座曾消逝了的城市——庞贝，让我们真切地走进了两千年前那个时代人们的生活中。

一只踏在了蓝色地中海上的靴子，镶嵌着那么多古老而充满无限魅力的遗迹与文明。

卡内河边的诗人之屋

一位诗人告诉我们：人，诗意地栖居在大地上。他就是德国诗人荷尔德林。他曾在德国南部黑森林中的小城图宾根生活过。

图宾根是一座大学城，或者说它就是一所大学。图宾根大学有近五百五十年的历史了。它背靠七座山峰，内卡河穿城而过，是一座美丽又具悠久文化传统的小城。古色古香的市政厅，哥特式的大教堂，许多建筑都有着古典的装饰之美。黑格尔、歌德、黑塞都曾在这儿生活过。图宾根大学有十位诺贝尔奖的获得者。

诗人荷尔德林，毕业于图宾根大学的神学院。他的旧居就在内卡河的北岸上，一座黄色有圆塔的小楼，掩映在绿树丛中，现在是诗人的展览馆，人们叫它荷尔德林塔。这位后半生患有精神疾病的诗人，在这所房子里居住到去世。

2017年夏天，我们从慕尼黑到纽伦堡，再到罗腾堡，又来到这座小城，入住内卡河桥头的一家酒店，从酒店的窗户能看到内卡河、大桥和山上绿树丛中的少半个城区。夏日的内卡河分外热闹，桥上人流与车辆不断，桥头的岸边有多家餐厅和酒吧。游船的码头上有很多种船只，还有在别处很少见到的，很大的，上面有桌椅的木筏子。更让我感到惊奇和亲切的是，除了游艇，所有的船和木筏子都是用竹篙撑着行驶的，这让我想起了我插队时的白洋淀，我所在的那个村子是浅水区，村民们撑篙的技术是淀区里最出色的。我在那儿六年，用篙驶船也非常的在行。

那些大木筏上和游船上的人们与岸边或大桥上的行人们相互招手，有的将啤酒杯高高地举起，音乐声、欢笑声让平静中流淌的内卡河也欢快了起来。

从桥边可以走到内卡河的河心岛上，那是一处长长的浓荫蔽日的岛屿。几排高大的悬铃木，树冠与树冠连缀成片，两边河流上的风吹来，空气清爽宜人，那些树木应该有一百多年了，一些人斜靠着粗大的树干读书，一些年轻人相拥着坐在河边，甬路上走着三三两两散步的人，那是个夏日里纳凉的好地方。

那天下午，我们沿着上坡的主路看了大教堂、市政厅，还有几个16—17世纪的老房子。转到河边的荷尔德林旧居，因周一不开馆，只能在门口拍了几张照片，就在桥头的酒吧休息，要了几杯当地的白啤酒，坐在凉棚下看风景。一阵风后，乌云不知从哪儿涌了上来，雨接着就来了。很快又雨过天晴了，阳光透过云层照在山地的树木与层叠的建筑上，它们让我想起了奥地利 20 世纪初的著名画家克里姆特的风景画，他那些类同点彩的后印象主义，斑驳而丰满的画面。红色的、黄色的、白色的房子，那些水中变幻的倒影，是那样的丰富、和谐、寂静而典雅，而内卡河两岸的风光就是如此的。

那些雨后在光影中变幻的云层，也让我想到荷尔德林的诗句："幸福的群神踏着柔软的云层在太空的光芒里遨游。"这里还曾生活过一位英年早逝的中国诗人张枣，他曾在图宾根大学任教，我也因此记住了图宾根这座小城。当我走在河心岛的甬道上，看见对岸荷尔德林旧居，想到张枣那首最著名的诗《镜中》，再次感到了东西方文化的差异，这让我突然有些恍惚。我想，我现在走过的河心岛甬道，歌德、黑塞、荷尔德林、张枣他们一定也走过，那些高大的悬铃木一定会记得他们，他们在这儿思考过什么，他们的哪首诗是在这里构思的？在图宾根那个晚上，我写下了《在图宾根想起一位诗人》这首诗：

内卡河缓缓地流 / 夏日的图宾根阳光下有阵雨降临 / 我们在岸边酒吧喝小麦啤酒 / 看用竹篙行驶的木筏和悠闲的人们 / 我们谈到那些年 / 谈到诗歌黑塞和荷尔德林 // 在我心中　这座与诗歌相连的小城 / 没有"梅花便落满了南山" / 我却相信会有"幸福的群神踏着 / 柔软的云层在太空的光芒里遨游" / 你看那些飘过教堂顶部的白云多么舒展 / 河心岛上两排遮天蔽日的巨大的悬铃木下 / 一定有过诗人们

独自漫步的时辰∥英年早逝的诗人张枣／让我记住了这座小城／内卡河边那座有圆形房间的橘黄色小楼／居住过在此辞世的荷尔德林／一所建于十五世纪的大学／一座古色古香　山水相依的小城／在遥远的异国他乡　在图宾根／我想起了一位英年早逝的诗人

——2017年8月1日于图宾根

注：引文为诗人张枣和荷尔德林的诗句。诗人黑塞也曾在此生活过。

荷尔德林因精神疾病后半生困守在这里，张枣因癌症匆匆从国内回到这里，没有多久便告别了这个世界。他们抛开了世俗的一切，将他们的诗留给了我们，也留给了图宾根和匆匆而行的内卡河。

埃及桑小镇和水城科尔马的童话之美

导游小张是我们的老相识，他陪同我们走过许多地方。这次我们计划的法国卢瓦尔河谷古堡游，就又找到了他。他年轻时曾是一名省队的足球运动员，后受伤，无法踢球了就到德国上学，后留下来工作。他为人诚恳，做事认真，几次旅行，我们成了朋友。

从图宾根进入法国，在进入卢瓦尔河谷之前，小张说我们去科尔马会路过埃及桑，那是一个很有意思的小镇，应该去看看。

埃及桑的确是一个有独特风景的小镇。停车，走过一条不长的直通这座古老小村子中心的街道，两边都是酒店或葡萄酒酒庄，这是一座有八百多年历史的村子，中心是一座八角形的棕红色的、很小的石头城堡，它是教皇圣里奥九世的出生地，城堡中的小教堂，陈列着当年教皇的用品和画像。围着城堡是两圈圆环形的街道和老房子，让我想起中国福建永靖的客家围屋，当然这里的房子都是独立的，村子的整体更大，更开放，没有围屋那样的防御功能。圆环形的窄小的街道是用方形的石块砌成的，几个世纪的阿尔萨斯彩色木筋房组合而成的小镇，门前和窗口都恰到好处地点缀着各种鲜花和绿植。所有的房子都很老，整座小镇完好地保持着中世纪的风格，彩色的房屋，让人仿佛置身于童话世界中。与德国的童话之城罗腾堡相比，这里更老、更小、更具陈旧的中世纪乡村风格之美。它的确很小，慢慢地走，一步一景地观看或拍照，最多一个小时也能走遍圆环状的全村了。

这是一座盛产葡萄的小镇，也是法国最早种植葡萄和酿造葡萄酒的地方，小镇的四周有大片大片的葡萄园，这里有法国最大的葡萄酒销售中心，各种各样的酒让人目不暇接。小镇有一千六百多人，大多从事着与酒相关的工作。如果时间充裕，坐在这街边的只有几把椅子的露天小酒吧，喝一杯当地酿造的葡萄酒，将酒的芳醇与鲜花小镇的古老情调融合在记忆中，那该有多好啊！

出了小镇，只有七公里就是法国著名的水城，号称小威尼斯的科尔玛。这里更是一个鲜花簇拥的小城，是法国上莱斯省的首府。莱茵河的分支伊尔河形成了它的水系，水中行驶着平底的花船。大大小小的桥栏杆都被美丽的鲜花所覆盖，两岸是中世纪彩色的木筋房。这里最著名的是那座修道院改建的菩提树下的博物馆，他的镇馆之宝是由中世纪德国画家马蒂雅思·格吕内瓦尔德画的《伊森海姆祭坛画》，这是一幅由多块木板组成的，很大的，可以折叠的祭坛画。从耶稣诞生，到受难，再到复活，画家是美因茨教会的御用画家，与同时代的大师丢勒齐名，他们也是达·芬奇和米开朗基罗同时代的画家。这幅画是为伊森海姆的教堂所画的，为治疗当时流行的角麦感染病而画的祭坛画。

科尔马是一座历经了千年，几经易主的小城，它的繁盛是埃及桑那样古老的小村子无法相比的。古老、典雅、华美得令人赞叹。它在平原的水网之上，比建在巨大岩石上的童话之城罗腾堡多了水的秀色和更加浓郁的闹市的氛围。日本导演宫崎骏获第九届好莱坞最佳动画片八项大奖的《哈尔的移动城堡》，据说灵感就源于科尔马。

从罗腾堡到埃及桑，再到科尔马，它们让我记住了，德国南部和法国东部一批小镇的中世纪童话之美。

从卢瓦尔河谷到莫奈花园

我不想更多地描写卢瓦尔河谷，那是法国皇家和贵族的后花园，他们在一百多公里的河两岸修建了许多座城堡。卢瓦尔河是法国发源于中部山地的最长的河流，它流经法国的中部，向西汇入大西洋。河谷两岸的丘陵森林中掩映着中世纪和文艺复兴时期所建的一座座形态各异的古堡。卢瓦尔河谷到处是葡萄园，它有着法国葡萄酒四个重要的产区。欧洲小说之父《巨人传》的作者拉伯雷，巴尔扎克、乔治·桑等作家、艺术家都曾在这儿生活过。

文艺复兴的巨匠达·芬奇，为最大的白色城堡——香波堡设计了双向螺旋楼梯。他受瓦伦瓦王朝法朗索瓦一世的邀请晚年来到了这里，病故于昂布瓦兹城堡，并安葬在了城堡中的圣·于贝尔小教堂里。我曾静静地垂首于他的墓前，向这位旷世奇才致敬。小教堂在城堡高高的围墙之上，面对一片开阔的草坪，虽小但庄严而肃穆。

我们沿着平静流淌的卢瓦尔河参观过十几座不同的城堡，

它们都有着自己的历史与传说。美丽的水上城堡舍侬索，它与美丽的女主人有着传奇的故事。17世纪作家查理·佩罗以于塞城堡为背景写出了《睡美人》，还有以人工花园著称的维朗德里城堡等。在一个有些年久失修的古堡中，我们看到过一群开着老爷车聚会的法国老年人，车在古堡的草地上停了好大一片，各种形态、各种色彩的老爷车和那座陈旧的古堡相得益彰，引来了许多的观览者与一些和老爷车合影的人。

高卢人最早在这里种下葡萄，酿出可口的葡萄酒。浪漫的法国皇室和贵族们，在这里建筑了成串的城堡，据统计有五百座之多，他们让一条河谷成了到处是世界文化遗产和历史古迹的文化与旅行的胜地。

从卢瓦尔河向西，当我们到达圣·米歇尔山时，遇到了一个宗教纪念日。到这座海上仙山朝拜者的车辆停满了距离海边三四公里远的庞大的停车场。我们只能远眺仙山，遥遥地向它致敬。我们沿着海边向北，在一家乡村烤肉店吃午饭。店面简单，几乎没有任何装饰，但刚出炉的法棍是我吃过的最香、最好的面包。

我们提前到达了另一个目的地诺曼底。这片面对英吉利海峡的沙滩，除了那座帆形的登陆纪念碑，这里依旧是传统的海边沙滩浴场。几乎看不到1944年6月6日联军强行登陆时的血雨腥风。纪念碑前有许多人敬献的小小的花环和十字架，有的还写着被悼念者的名字。时间过去七十多年，人们没有忘记当年那些为反法西斯而英勇牺牲了的年轻的战士们。

面临大西洋的考利威尔美军墓地，在苍松环绕的碧绿的草地上，整齐地排列着九千多个白色十字架墓碑，面向着美国的方向，静静地伫立着。那是下午五点钟，一支小号，只有一支小号，吹响了《葬礼号》乐曲，那声音穿过松涛和海浪，伴着低沉的钟声，穿透了每一个到访者的心。所有的人都肃立在那儿，向死难者致哀，我的泪水不由得涌了出来。星条旗缓缓降落，那些二战中死难的将士们，已经在这里安息了七十多年。

在欧洲的山地袖珍王国卢森堡，也有一座规模小些的二战美军将士墓地，同样的简洁、庄严而肃穆，同战士们一样的巴顿将军的墓碑，站在队伍的最前面。卢森堡是地处德法要道，地势险要，古堡、要塞比比皆是，是兵家必争之地，那是一个风光险峻，历史绵长的旅游之地。

还是回到法国，同样是诺曼底地区向巴黎的方向，在小城吉维尼，有一处著名的印象派绘画大师莫奈的花园。一座淡绿色二层楼的房子，由天桥连接的花园与池塘的院子。房子中到处是莫奈的仿制品的绘画，花园中的花草也仿照莫奈居住时的风格，混搭地种植着多品种的花卉，池塘里的睡莲和日本桥上的藤萝都比莫奈画中的景色长得更茂盛，有了某种过于丰满的感觉。这是莫奈成名后购买的住所，按照他喜爱的样子逐步建成的。他晚年的睡莲系列绘画的灵感，就出自这里。莫奈是我十分喜欢的画家，他作品中的光色的灵动与明媚，多次令我陷入其中，而他晚年的浑厚与大气磅礴，更令我赞叹不已。

在一个小雨的天气，带着对大师的敬意，我走遍了莫奈花园的每一个角落。构想晚年莫奈在这里的创作与生活。一位从《日出·印象》开始的创新者,用自己的作品,丰富了世界上每一个知名的博物馆与艺术画廊,有关他的书籍、画册走进了世界上亿万个家庭,莫奈花园是所有这一刻的聚焦点,它凝聚着艺术家一生的光荣。

橙色小镇和天空之城

卢瓦尔河谷的城堡群是贵族的、皇家的、典雅而高贵的，它的美有着华丽、优雅，高高在上的冷凝之光。而我更喜欢法国南部，普罗旺斯有乡村格调的朴素之美，它们更亲切，更让人有身在其中的融入之美。

开车行走在法国南部，乡路两边长着各种杂草，路很窄，凡是交叉路口多以小小的环岛所替代。车不多，两边的农田种着成片的牧草或蔬菜，接近阿尔勒，大片的矮秆的向日葵便多了起来。我们在一个名为橙色小镇的地方停了下来。

橙色小镇就是一个小小的村子，但这个村子并不简单。它有古罗马时代的凯旋门，有历时千年的，至今还在应用的能容纳上千人的古剧场，二十多米高的有多个窗口的舞台幕墙上方，有俯视的战争之神。小小的历史博物馆里，锈迹斑驳的刀剑、锥形黑陶双耳吊瓶、面部狰狞的黑色圣兽。剧场外，倒塌的古罗马建筑的褐色巨石上长满了苔迹。所有后来的建筑都是橙色的，土红的屋顶，黄色的围墙，也许这就是被称为橙色小镇的原因吧。

我们离开这个小镇的时候,月亮正升起在小镇的头顶,一片暗红色的屋顶,将它映成了一颗圆圆的金橙。

> 一座小小的凯旋门／一座能容纳千人的古剧场／一个同村子一样大小／曾经的王国之都／用博物馆里锈蚀的刀剑／锥形的陶瓶／浮雕上面目狰狞的黑色圣兽／呈现着自己古老的文明∥贴满现代戏剧广告的古剧场外／古罗马时代的城市遗迹上／散落着一块块早已风化了的褐色巨石∥每当一轮满月升起在小镇的上空／土黄色的围墙和红色的屋顶／都会将它映成一颗饱满的金橙／沿着歌剧高亢悠远的余韵／被唤醒的幽灵／在金色月光的照耀下／穿过颓败的小小的凯旋门／回到战神雕像俯视下的空旷的舞台上／那只王国的圣兽／也在乱石丛中发出了低沉的轻吼∥此刻月亮那颗圆润的金橙／高悬于千年古镇的上空
>
> ——《橙色小镇·幻影》2015年10月2日

历史有时是残酷的,它告诉我们饥荒、瘟疫、战争与杀戮,它也留给我们神圣、玄想与光荣。法国南部的自然、乡土和历史,它们是那样和谐与恰切地融合在一起,你在那片土地上,听着口吃般断断续续嘶叫的蝉鸣,就仿佛变成了一位扛着锄头的农夫，与大地和阳光融在了一起。

在红土之城，我们走入一片低矮的杂树林，在一处越野步道的起始处，有一座很小的乡村水吧，一座碎石垒成的低矮的旧房子，地基已沉入地表，门窗简单，屋顶也有些倾斜了。两位五十多岁的女人白天来这里值班，卖些饮料、水果和冰激凌。我们坐在树下的桌椅上休息，要了几杯带汽的水，看着那些拖着手杖，一脚红土，背着双肩包的人们疲惫的归来。步道上一些红土的小山丘，一些杂陈的树木，没有什么好的风景，但很自然、朴素。而所谓的红土之城，也就是在红土坡上的，一个有几个商店的小村子，一座有钟楼的教堂建在村子中心的最高处。因为一座在红土山上建成的村庄，因为红土的山坡与地貌，不，是因为寻访《等待戈多》作者贝克特的旧居，我在7月的阳光下走了很远的路，到处是耀眼的正午的阳光，和7月里正在收割的薰衣草沉稳而舒缓的幽香。

在法国南部，苍绿的坡地上到处可见石头的院墙，土红的屋顶。院落里夹竹桃和木槿花开得明艳，无花果用手掌般肥厚的叶子接住了每一片阳光。普罗旺斯夏日正午的大地上，大片的薰衣草、向日葵和葡萄园，这里也是四脚蛇和鸣蝉的古老领地，在一片蝉鸣的背后便是无边的寂静，那些曾驶过无数辆马车的石头路面上，布满了老梧桐斑驳而清凉的阴影。

我们到天空之城的那天是星期日，教堂中心广场上的集市非常热闹，各种饮食、奶酪、肉制品，五颜六色的草编花篮、提包、草帽，多种生活用品琳琅满目。因为集市，车无法开进天空之城。我们沿着山路向上爬,天空之城坐落在一个圆形的小山上,房子从山脚一层层地建到了山顶,山下是开阔起伏的原野,道路清晰、河流蜿蜒。天空之城有许多设计优雅、带游泳池的房子,是人们度假的好地方。我想,居住在那里的人们,也许睡梦中真的会摸到上帝的袍子。

从天空之城下来,我们途经一个村子,在路边的小店休息,同样是中世纪的房屋与石头路面,高大的梧桐树洒下斑驳的阴影。刚出炉的面包、当地的啤酒,酸菜烤肠加土豆泥。遮阳伞下微风是清爽的。蝉声巨大,覆盖着整个夏天,恍惚中,我仿佛听到了教堂正午悠远的钟声。

我想起贝克特,设想我们如果能在这里,乘坐一辆古老的马车,摇晃着行进在这夏日乡村的阳光下,或许,我们真的能够走出等待戈多的迷惘。

从阿尔勒到圣雷米

如果你经历过荷兰阴雨与潮湿的天气,即使是在夏天,冷风也会从阴云密布的海上吹过来,那种冷是孤寂而令人伤感的。当你在法国南部,看见蓝色罗纳河边阳光下的那座土红的罗马小城——阿尔勒,你也许就会明白,当年的凡·高为什么会喜欢上这里了。

阳光、薰衣草、向日葵、灰绿色的橄榄树、丝柏、高大的梧桐树、古罗马的遗迹,蓝色的罗纳河绕城而过,流向不远处的地中海。

这是一座有千年历史的罗马时期的古城,这里还存留着七处古罗马建筑。竞技场、歌剧院、教堂、市场地下回廊、古浴室、古兵营和古墓地等遗迹。它们和这座整体呈土红色情调的城市融为了一体,没有丝毫的突兀之感。

凡·高的作品中没有它们的存在,我想不是它们不能入画,而是凡·高作为后印象派画家,他不去借助历史,更关心的是生命体验中的那些事物,夜空中神秘的星光、仿佛在燃烧的丝柏树、温暖灯火中寂静的咖啡馆，收割日阳光中的麦田，忧郁的、充满欲望的向日葵。这些现实的、与心灵的感受相关的事物，引发了他内心的激情，他不是那种遵循教科书和常规方式进行绘画的人。因此他远离了那些古老的文化遗迹，而选择了自己独有的发现。

他曾画过罗纳河的大桥，现在看来，那座两三百米跨度的铁桥和桥头的建筑基本没有变，唯有那棵一百年前刚刚栽下的，还带着辅助树干三脚架的小梧桐树，历经百年，已经长成了粗壮的参天大树。在阿尔勒，凡是凡·高画过的地方，都有镶嵌在水泥画架上的复制品，那里就是凡·高曾经站立过的地方。他画过的许多地方还在，但他住过的二层黄色小楼毁于二战中的炮火，现在在原址上建了一座小小的凡·高展览馆。展馆做得很一般，与他的成就相比，显得有些不足。

临近市政广场的黄色咖啡馆还在，不再那样冷清，那座伴着夜晚星光的塔楼还在。咖啡馆相邻开了多家餐馆，生意都很火爆。一座小小的城市，一位曾经不受当地人欢迎的穷画家，用他的灵魂，用他割下耳朵的痛苦和鲜血，为一个法国南部乡土中的小小城市镀上了照亮世界的金子。我用一首短诗记下了我在那里的感受：

阿尔勒　一座罗马人构建的古城／依岩石和罗纳河而建的城墙／只剩下部分遗迹／竞技场　方尖碑　剧场　罗马浴室／七处古老的建筑还在／而

> 凡·高住过的黄房子毁于二战的炮火／至今已了无踪迹∥一座古老的城市／它的轮廓多像一只厚重的土红色的靴子／一脚踏在了天蓝色的罗纳河上∥凡·高画过的老桥还在／画中那棵小小的梧桐树／现在浓阴四敞成了百年的巨人∥凡·高画下了黄房子向日葵／收割中的金色麦地／他放弃了古罗马的遗迹／却饱有了阿尔勒明媚的阳光∥傍晚坐在那间因画家而闻名的／咖啡馆明黄色的遮阳棚下／看来来往往的人流／失去了耳朵的凡·高／以比古罗马人更鲜红的血／镀金了这座古朴的夕阳下的老城
> ——《在阿尔勒》2015年7月24日

在另一首诗中，我写了距阿尔勒不远的圣雷米。那里有一座凡·高曾居住过的精神病疗养院，一条古老的乡路穿过他曾画过的麦田。当年凡·高曾走过的道路，现在生长着两排高大的梧桐树，从树龄看，凡·高在这儿时一定还没有这些树，他的画中也没有它们的踪迹。而在接近疗养院的地方，那些高高的松树林，比画中的长高了些，苍老了些，但还能一一辨认出它们的基本形态。还有那些嶙峋的橄榄树林和它们后面的小山，依旧是当年的样子。

精神病疗养院是二战后在原址上重新修复的，通向大门的甬道有几百米长，中间有一座罗丹雕塑风格的凡·高青铜立像，褴褛、消瘦、看不到未来。甬路边种着他曾画过的鸢尾花。进入大门,一座二层的口字形黄颜色的楼就是疗养院了,大约有三十间房子,方形的有回廊的院子,同当年一样种了些花草。登上楼梯右转第一间就是凡·高的病房,房间低矮而窄小,陈列着同凡·高画中一样的简单的铁架子床,草编坐垫的凡·高画过的木椅子。楼的后面和右面有两片不大的空地,外面就是田野了。当年凡·高在这里画过麦地和在麦秸垛背阴处休息的农夫与农妇。那是凡·高生命的最低谷,割掉了耳朵,失去了好友高更的友谊,被当地的居民送进了精神病院。在异国他乡,他只能沉浸在绘画中度日。

我在那首写圣雷米的《梧桐古道》中这样描述了他的遭遇与处境:

从阿尔勒到圣雷米/这条古老的乡路 凡·高一定走过/如今高大的法国梧桐遮住了盛夏的阳光/七月里口吃的蝉鸣/断断续续地鸣响在一片金黄和苍绿中/向日葵盛开/紫色的薰衣草已接近了尾声//有人说莫奈的画中是有温度的/不 不仅是温度/它们打动我的还有画幅中明净如水的阳光/和晚年挥洒自如的浑然天成/而文森特 凡·高呢/在普罗旺斯的晴空下/丝柏的绿焰 鸢尾花的梦境/即将飞翔的橄榄树/麦田金黄幽蓝的夜空布满了璀璨的星星//那座重新修复的精神病疗养院/在圣雷米七月的光芒中依旧是阴郁的/是凡·高用毅力/让

一颗心燃烧在所有的画布中∥圣雷米 一座普罗旺斯的小镇／那条从阿尔勒通向这里的林荫古道／两侧是耀眼阳光下的田野和村庄／已经一百多年了／我看见那个失去了高更友谊的／失魂落魄的凡·高／在这条乡村古道上踟蹰而行／而那连缀成片的绿荫／并没有遮住他源于心底的光明

——2015 年 7 月 26 日

在法国南部，在普罗旺斯，那里的薰衣草和葡萄园，长在布满卵石的土地上，它们香气温润、余韵悠远、色调沉着。这里的田野悠然起伏，阳光璀璨，湖泊蔚蓝。它有古老的罗马文明，它也产生了多位现代文化的大师。在离阿尔勒不远的万泉之城埃克斯，那间在近郊坡地上的画室，是属于"现代艺术之父"塞尚的。当凡·高在痛苦中挣扎的时候，他也因与好友左拉了结了四十多年的友谊，处在生命的煎熬中。痛苦造就了世界绘画史上两颗伟大的、巨人的灵魂。

法国的南部普罗旺斯的薰衣草，在坡地上铺展开色泽沉着的紫色的毯子，与土红色的村庄，土黄色的修道院，绿色的树木，构成了一幅幅朴素而寂静的画面。圣十字湖也是寂静的，它闪烁在群山之中，那里的罗德湾小镇和乡村酒店那么温馨，傍晚坐在桑葚树下，看着在晚霞的余晖中归来的一只只小船，背后的小店和山坡上人家的灯火渐次亮起，星星也开始闪烁在头顶，在微风与一片耳鸣的寂静中，你会忘记了身在何处，忘记了这世间的一切嘈杂与烦恼。当然，法国南部也有热闹的去处，正在举办戏剧节的阿维尼翁，到处是来自世界各地的人，到处贴满了五颜六色的戏剧广告。还有戛纳的海湾，岩壁上垂悬着龙舌兰、高大的棕榈树迎着海风，那里游船如织，别墅连着别墅，布满了所有临海的山坡与堤岸。

赌城之国摩纳哥，同样是繁忙的，到处是人和车辆，狭小的领土上是楼丛的森林。我们的车存在了有二十多层深的山体车库里。

地中海夏日的阳光，将咖啡的色泽涂在每一个来这里度假者的肌肤上。山峦折叠起它们的层层的阴影，大海蔚蓝，群帆涌出港湾。房屋林立的现代城市，为什么丢失了它的典雅和古朴？那些著名的过分考究的度假胜地，毫不留情地掩去了人们心中沉静的韵味和故土般的质朴与寂静。而具有乡村格调的普罗旺斯，像它紫色的薰衣草、金色的向日葵和绿色的葡萄园一样，总是亲切和温暖的。

太阳下的牛郎泉镇

2015年夏天,我们一行五人乘车,从巴塞罗那沿地中海一路向南再向北,最后到达西班牙首都马德里。那是一条自己设计的穿行西班牙旅行的一条丰富的历史、文化与风情之旅。它在我心中留下了难忘的记忆,还希望有机会再一次旧地重游,以此弥补一些当时没有实现的缺憾。

在巴塞罗那,我们感受了高迪现代理念的建筑,米拉之屋、奎尔公园、圣家堂等世界文化遗产。我们参观了毕加索早年作品纪念馆、米罗超现实主义作品展示馆,那些近在咫尺的大师的作品,让我印证了我以前的某些猜想,大师也是一步步走向神坛的,他们同样经历了精神的炼狱。

在码头边的广场上,那位发现了新大陆的航海家哥伦布雕像,站在六十米高的圆形纪念柱上,他一手拿着航海图,一手指向遥远的新大陆。七米高的由大炮融化后铸成的立像,基座上面是四位飞翔的女神,基座上还有青铜浮雕,同代皇室历史人物的雕像,基座周围由八只青铜雄狮所护卫。纪念柱不远处就是紧临大海的蒙锥克山，登上山顶的古堡，像蓝墨水一样蔚蓝的地中海和巴塞罗那古城尽收眼底。这是一座背靠群山，面向大海的城市，这是一座充满了浪漫之美的城市。海洋文化、建筑文化、足球文化、宗教文化让这座有七百多年历史的城市充满了无限魅力。

告别了巴塞罗那，我们一路沿海边前行。不知为什么，我心中总回响着那首由西班牙盲人作曲家华金·罗德里戈创作的《阿兰胡埃斯协奏曲》，这首1940年首演，征服了战乱中世界的乐曲的第二乐章，那支跳荡的吉他和哀伤的大提琴，总让我想到20世纪30年代初，那场轰轰烈烈的、世界性的、实验性的、失败了的大革命。许多革命者齐聚马德里，他们激情的、充满理想与憧憬的一切，没有能够阻挡住反对者的长枪队。那位西班牙天才的谣曲诗人洛尔迦，也在革命的洪流中，最终他在家乡牛郎泉镇，被一位妒忌他才华的人逮捕，在一个深夜，在格林纳达被秘密地杀害了。在1936年，在三十八岁，一位诗歌的天才，伴着橄榄林的悲风，伴着吉卜赛人的深歌凄厉的哀鸣轰然陨落。

那支协奏曲中的吉他，在停滞与激情之间清晰地响起，它让我想起弗拉明戈的响板和踢踏舞的节奏，还有手鼓伴奏下那嘶哑的歌声。在西班牙的大地上，在山地与海洋之间，有大片大片的起伏的坡地，夏日的草场是枯黄的，橄榄林是灰绿色的，而阳光明晃晃地洒在大地上。我们到达格林纳达时已过正午，前往牛郎泉镇的二十多公里乡村之路非常安静，路上几乎没有车，树木也很少。小镇是白色的，它在下午强烈的阳光下等待着我们。村子很小，中心广场有一座两三米高的洛尔迦坐像，那位有着两条粗重的卧蚕眉的少年雕像白得耀眼。几个很小的店铺，几个坐在房屋阴影中的人，呆呆地看着我们几个外来者。这场景让我想到中国西部的那些沙漠中的小村落，几位抽烟的老汉蹲在墙根下，打量着外来的人们。

那是下午五点，太阳依旧很高，但洛尔迦的故居已经到了下班的时间。一个很小的没有任何特点的白色小门。只有一块五十厘米大小的牌子上写着开馆和闭馆的时间。一辆红色的小车从我们旁边开走了，从她看我们的眼神，好像她就是故居的讲解员。我们只能落寂地走在那条丁字形的小街上，到处是白色的房屋，最高的是两层楼的建筑，广场后面那座二层小楼，就是洛尔迦最后住过的房子，他从那里被长枪队带走就再也没有回来。

下午，阳光中的牛郎泉镇是寂静的，寂静中回响着洛尔迦轻柔的诗句：

> 孩子再找寻他的声音／（把它带走的是蟋蟀的王）／／在一滴水中／孩子再找寻他的声音／／我不是要他来说话／我要把它做个指环／让我的缄默／戴在他纤小的手指上／／在一滴水中／孩子再找寻他的声音／／（被俘在远处的声音穿上了蟋蟀的衣裳）
>
> ——戴望舒译洛尔迦诗《哑孩子》

下午五点钟,在西班牙不是一个好的时间。下午五点钟,是斗牛开始的时间,也是洛尔迦的好友、斗牛士梅亚斯走向死亡的时间。下午五点钟我们在太阳下向诗人的雕像致敬,然后离开了那个留下了一些遗憾的小镇。

在格林纳达一处街心公园的甬道上,有一个坐在街头长椅一边的洛尔迦雕像,你可以和诗人坐在同一长椅上。一对老夫妇正坐在那儿休息,我们本不想打扰他们,就站在有一定距离的路边看风景,当我们对上了眼神,他们马上做出请我们来坐的手势,微笑着离开了。我们赶紧说着谢谢,走过去与雕像合影。一位伟大的诗人,一定是他们的骄傲,他们知道,这位诗人是属于世界上所有热爱生活与自由的人们的。

在格林纳达的那个夜晚,我写了一首纪念青年时代就非常热爱的诗人洛尔迦的诗。

> 从格林纳达到科尔多瓦的山中 / 回旋着那支西班牙谣曲的幻境 // 从牛郎泉镇走出的少年 / 穿过安达卢西亚的绿 / 绿色的肌肤绿色的风 / 他怀念银子般清凉的眼睛 / 和古巴姑娘金黄的乳房 // 那有着两只粗重蚕眉的少年雕像 / 坐在牛郎泉镇的小广场上 / 面对着故居的白房子　投下了淡蓝色的影子 / 下午五点钟的阳光依旧那么灿烂 / 下午五点钟是斗牛场上最激情的时间 / 下午五点钟也是死亡开始的时间 / 那首献给梅亚斯的挽歌 / 充满了令人心碎的深情与

哀伤 / 诗人仿佛预言了 / 1936 年那个更为残酷的夜晚 // 在格林那达的牛郎泉镇　在下午五点钟 / 我们寻访那位写下了许多谣曲的诗人 / 吉卜赛的深歌伴着橄榄林的悲风 / 骑士的长矛斗牛士猩红的斗篷 / 小黑马　大月亮 / "黛黑的少年你卖的是什么 / 先生是大海的水那苦涩的眼泪" // 在格林纳达的八月 / 原野赤裸草场金黄 / 一个让我们心怀梦想的诗人 / 将理想和生命撒在了这片热土上

——《牛郎泉镇》2015 年 9 月 2 日

注："绿色的肌肤 / 绿色的风 / 看见过银子般清凉的眼眸 / 和古巴姑娘金黄的乳房""小黑马大月亮""黛黑的少年你卖的是什么 / 先生是大海的水那苦涩的眼泪"等摘自于洛尔迦的谣曲。

马达加的蓝花树和龙达的斗牛场

我在上一篇文字中讲到，我们是沿着地中海沿岸一路向南的，在格林纳达之前，我们曾在瓦伦西亚逗留，感受地中海的阳光、海浪、辽阔沙滩，那是欧洲人的度假胜地。那里可以品尝到西班牙最正宗的海鲜饭。

我们从海边回到城区，来到一家著名的海鲜饭餐馆，因为是暑期，员工大多去度假了，餐馆因此而停业了。当地人告诉我们，还有一家在郊区的小镇上，我们驱车前往，门上同样也贴了放假的告示。我们又上网查找，终于找到了一家开在社区里的知名餐馆，我们六点半抵达，门口异常安静，门开着，店里一个人也没有。厨师告诉我们，现在还早，人们是看完晚场的足球才会来吃晚饭的。于是，我们成了今晚的第一桌客人。

我们要了大虾、蘑菇、墨鱼、兔肉四种"海鲜饭"，要了饮料和啤酒。在等着用餐的时候，一前一后来了两位老人，有一位还带着小孙女。他们和厨师非常熟悉，亲切地交谈着，开心大笑。我们因语言不通，不知道他们到底为什么那么开心。

也因为语言不通，我们的"海鲜饭"上来后，那量大得让我们吃惊。

一个社区里的知名餐馆，来吃饭的都是街坊邻居，我们相信它一定是最正宗的。搬上我们餐桌的是五十厘米直径的四大盘，每一种都非常好吃，我们再三努力，只吃掉了三分之一，剩下的只好打包带出了饭店。那是旅行路上，我们几个自认为的文明人非常露怯的一次经历。离开饭店时已经九点多了，足球还未散场，冷清的店铺里只有我们和一位老人。瓦伦西亚的足球俱乐部有一百多年的历史了，那也是一座有着丰厚足球文化的城市。

沿着高速公路，一直向南。在毕加索的故乡马达加，我们领略了西班牙人的欢乐与阳光。整座小城仿佛处在节日之中，所有女士头颈上都戴着鲜花，街头有许多在一块一米见方的踏板上跳舞的人。马达加同所有的西班牙的城市一样，是有着许多古罗马人和摩尔人遗迹的地方，基督教文化与阿拉伯文化交融在一起。希布拉尔法罗城堡，建在一座离海不远的条形的小山上。城堡依山而上，层层叠叠，拱门与石墙相连，承载着多少世纪的文明。

毕加索的故居在城中心的一个小广场边，明黄色的四层楼，一层是装饰品商店，二层、三层是他父母的家。父亲是一位古典风格绘画的画家，室内陈列着他画海洋帆船的作品。靠近他家广场的树下有一把椅子，据说毕加索学生时期经常在那里写生。小广场上有许多开着蓝色花朵的树，它们有着合欢树的叶子，散发着比栀子花更为悠远的清香，树木不高，但很漂亮，我至今也没有搞清楚它们的名字。

我写马达加的诗的第一节是这样说的："花的幽香　小小的淡蓝色的火焰／点燃了夏日里马达加的街巷／比栀子花清幽比茉莉花持久／仿佛午睡后的一杯新茶／让人在慵倦中悄然清醒／不　我面临的不是一杯新茶／是咖啡的浓香伴着教堂的钟声／我分明看见犹如合欢树的绿叶下／一座黄房子的门口／走来了毕加索的身影。"

那位从这里走出去的绘画大师，是一位有幸走过了现代艺术实验全过程的智者，有一种放荡不羁的创新精神，贯穿了他生命的始终。

走出马达加，我们开始背向地中海，向西班牙的内陆进发。地貌开始有些荒芜了起来。但接近悬崖小城龙达之前，植被开始漂亮了。草地不再枯黄，路的两侧是修剪得很舒展的棕榈树，远近的山峦都是绿色的。

龙达是建在山崖之上的小城，一条百米深的山涧将小城分为两部分。一座一百多年的大桥被叫作新桥，它连接着城市的两部分。许多错落有致的白房子依陡峭的山崖而建，山涧很深，湍急的溪流在涧底奔流。新桥建在承载城市的两块巨大的岩石的最高处，桥有近百米长，宽三十米，分为三层，上层供人车通行，下面两层是城市博物馆，陈列着小城与新、老桥的修建发展史。站在新桥上，可以看到几百米外的老桥，那是一座石头建的小型拱桥，建在溪水的上边，比新桥矮了大几十米。过了老桥，要爬很远的坡路才能到达山崖顶部的城市。跨过山涧的新桥，连接着纵贯龙达的主街，城市小得就像一个村子。站在新桥上，可以看到建在岩壁两侧层层叠叠的酒吧和饭店。顺着峡谷可以看到山下开阔的田野，道路蜿蜒在丘陵和田地之间，农场的房舍和牛马的围栏变得很小，仿佛是童话中的世界。

龙达是西班牙斗牛的发祥地，有一座最古老的斗牛场和西班牙斗牛博物馆。我们通过高架通道进入斗牛场，可以清晰地看到牛栏和它们进入斗牛场的路径。我径直地走到斗牛场的中心，午后的阳光射在场地里，把我紫色的影子映在赤金色的土地上，我想那土地一定沁着成千头公牛的血，不然它不会发出那样炫目的光芒。我站在那儿，仿佛听到了震耳欲聋的呐喊和公牛粗重的喘息声，四周灰色的圆形看台在不断地向后退去，此刻，我觉得我的灵魂与斗牛士、公牛，英勇与倔强的灵魂融合成一体，我想冲向云霄，我想发出一声比公牛更凄厉的呼喊。

斗牛博物馆展示着所有斗牛巨星的图片、服饰、佩剑。那些马车、挽具极尽奢华，披金配银。图片中，血从垂死的牛背上淌下来，一种宗教的祭祀活动，演变成了一项现代的、商业的、昭示着英勇、隐含着心灵残忍的、现代人狂放的娱乐项目。这个世界的确有许多让人不能深入思索的事物。

而在西班牙有一种歌舞，让我身心激荡，充满了无限的向往。

弗拉明戈的小剧场

从龙达向北，有两个西班牙的重要城市，一个是塞尔维亚，一个是科尔多瓦，它们都属于瓜达尔基维尔河上的城市，它们和格林纳达被称为安达卢西亚大区的三颗明珠。

塞尔维亚既是哥伦布发现新大陆的出发地，也是他最终的安葬地。它是西班牙唯一有内河港口的城市，哥伦布四次对新大陆的探访，为西班牙的经济兴起和成为第一个全球性的帝国奠定了基础。第一次远航，皇室为其举行了隆重的送行仪式，但对他最后一次航行没能带回他们需要的财宝而不满，故而遭遇冷落。这令哥伦布异常失望，传说他扬言，双脚再不踏上这块土地。因为新大陆的黄金、白银整船整船的运入西班牙，塞尔维亚瓜达尔基维尔河边那座黄金之塔，曾是进入金银的登记处，这座建于13世纪的瞭望和守卫河道之塔，见证了殖民财富的滚滚流入。它旁边的那座世界排名第三的大教堂极尽奢华与辉煌，到处是金子的饰品和法器，高大的教堂穹顶也是用黄金镶嵌而成，它得益于哥伦布新大陆的发现和后来殖民的获取。大教堂也是哥伦布最后的安息之地，当1898年西班牙人迎回哥伦布安葬在古巴的遗体时，为了兑现哥伦布传说的诺言，他的棺椁始终由四位国王的雕像抬在肩上，成了世界教堂安葬中唯一的悬棺。航海家哥伦布离世后，他的遗体从西班牙转葬到他第一次和第二次登陆的多米尼加圣多哥大教堂，又从那里转葬到古巴的哈瓦那，再回到西班牙，在三百年里，转葬了五次，这应该也是世界之最了。

在塞尔维亚和科尔多瓦的两个大教堂都是独特的，一个是由清真寺改建的，一个是在清真寺中建了一座华丽的基督教堂，它们都是独具特色的合璧之作。

科尔多瓦的大教堂，映入眼帘的首先是有红白相间图案的上百个拱形支柱支撑的宽阔的大厅，这是典型的清真寺的建筑风格，在大厅的中间是一座规模不大，但十分精致的基督教堂。一些早年的清真寺建筑被拆除的木板，作为文物陈列在刚进入大厅的墙体上。教堂外面的橘树庭院，结满了像西柚般大小的金黄的果实。一座有螺旋斜坡的多层高塔矗立在庭院中，沿着斜坡可以旋转着走上塔顶。据说骑马也可以走上塔顶，从那里可以将整座科尔多瓦城尽收眼底。瓜达尔基维尔河在脚下不远处激情地流淌，罗马老桥和水车老磨坊，标志着这座城市古老的建城史，这里曾是阿拉伯哈里发国的首都。靠近教堂的小马广场，塞万提斯曾住过的小马客栈仍保留着中世纪的风格。西班牙许多城市都有的，白墙红瓦，街巷窄小的老犹太居住区，房舍变化丰富，墙壁上布满了用以装饰的鲜花。

塞尔维亚同科尔多瓦一样古老，大教堂的建筑与雕塑处处体现着多种文化融合的伟大与辉煌，如果你没有亲眼所见，是无法体会那种深厚的复合文化的永恒魅力。塞尔维亚的西班牙广场是世界上最早的展会建筑，一座圆弧形的、有回廊、有水系、由五十多种不同花色瓷片镶嵌的栏杆和桥，设计精巧而别致。整座广场开阔而舒展，大气而庄重。这座城市中可以见到从罗马人到西哥特人，再到摩尔人，以及犹太人、日耳曼人等不同文化的遗迹，为我们的世界保留了一个无比丰富和辉煌的西班牙文化现象。

雪莉酒是一种较高度数的甜葡萄酒，被莎士比亚称为"装在瓶子里的西班牙阳光"。这种产自安达卢西亚南部的琥珀色的液体，是西班牙的国酒，它甜而醇厚的味道令人难忘。还有一种舞蹈是源自塞尔维亚的，它同雪莉酒一样叫人痴迷而疯狂，它就是著名的西班牙歌舞弗拉明戈。

地中海的阳光、橄榄林的熏风、雪莉酒、海鲜饭、伊比利亚火腿、足球、斗牛是到西班牙必须领略的项目，而对于我而言，最不能错过的是弗拉明戈，我以为，它融入了这个国家最伟大的、内在的生命与灵魂。

当你在雪莉酒的微醺中走进弗拉明戈只能容纳二三十人的小剧场，你就会被那些西班牙最伟大的艺术家的表演所震撼。那是忧郁、哀伤、激情、神秘而灵动的人与神的综合体。我的诗把它称为《飞跃荒原之舞》：

一条大河在汤汤地流淌／古老的磨坊／风车折断了吱吱摇响的臂膀／教堂高高的尖顶将浓重的阴影／投在了明亮的石板路上／／八月的风吹醒了漫游者的梦／弗拉明戈的歌者拍击手掌／用嘶哑的嗓音唱出了心灵痛苦的诉求／她　手提长裙优雅地登场／明媚的眼眸／棕色的肌肤上储有太阳的光芒／／它质朴的节拍源自泥土／它欢快的旋律源自禽鸟／它典雅的举止源自河流／她扭动腰肢　她转身投足　她拽动长裙／她充满活力的肢体上／融为一体的是／激情与梦幻　灵动与欲望　女巫和神明／／在这个夏日　在一座小小的剧场中／人心欢愉　群鸟高翔／暴风雨中的棕榈树骤然昂起了垂下的头颅／山岗上的龙舌兰恣意而疯狂／百年的橄榄林寂静　寂静得犹如一片灰绿色的海／我看到了歌者的叹息　舞者的凝滞／一切都突然收敛了声息／／寂静中一把吉他又轻轻地拨动了我的心房／／八月的山峦／在太阳下蜿蜒起伏／遥远的是那了无终极的归途／一条大河在汤汤地流淌／橘树金色的果实坠落／我听懂了吉卜赛人深歌的愁苦／我看见　弗拉明戈的舞者／用一双大手掩住了满脸的傲慢与悲伤

——2015年9月3日

我深深地感到，弗拉明戈中融入了太多的生命与灵魂。吉卜赛人深歌的悲苦、斗牛士的激情、龙舌兰的疯狂、橄榄林灰绿色的忧伤、歌者嘶哑的喉咙、舞者的一双大手掩住的深情……一支吉他、一块响板、一面手鼓、一条长裙，棕色肌肤上太阳的光芒、明媚的眼眸、女巫的欲望、心灵痛苦的诉求，每一位艺术家都陶醉在那狂放而激情的舞蹈中。

在伊比利亚半岛上，因为众多文化的神秘交融，才有了那么多伟大的诗人和艺术家，这是一片无比神奇的土地，是一块令我深深怀念与无限向往的土地。

荒原风车镇和诺亚后裔之城

从科尔多瓦向北,就渐渐进入了西班牙中部的荒原地带,那是塞万提斯笔下的拉曼查荒原,到处是起伏的坡地与丘陵,公路穿过大片的刚刚开发种植的橄榄林,那些灰绿色的矮小的植物,间隔有序地排列在坡地上,我想起洛尔迦的谣曲:"科尔多瓦/孤悬在天涯/漆黑的小马,圆大的月亮/橄榄满袋在鞍边悬挂……""哥尔多巴城/遥远又孤零/小黑马,大月亮/穿过原野,穿过风/……哥尔多巴城/遥远又孤零。"

荒原上的土地是开阔的,休息站修的也蹊跷,我们下高速,绕了四五公里才到达高速休息站。加油站、卫生间、休息大厅俱全,但人烟稀少,四周都是荒原。在一个大沙丘下,孤零零的树荫里,一位阿拉伯老汉在卖瓜果。司机小张去加油,我们几个语言不通的人,穿过八月的阳光去买瓜。语言不通就用手比画。有西瓜、有类似哈密瓜的蜜瓜,还有苹果等其他水果。面色黑,身材矮小而消瘦的老汉,戴白色小帽,穿半长的罩衫,用手比画三欧元一个,我们也用手比画,五欧元两个,他点头认可。我们又比画着借了他的刀,将西瓜切成小块。托着我们的战利品,爬上一百多米的斜坡,去找加油的小张。在西班牙的腹地,几个语言不通的人,在孤零零的树荫下的交易,现在想来,比吃到口中的甘甜的西瓜更有趣味。阳光直射,把我们短小的影子掷在大地上,几乎听不到任何声音,仿佛是一种幻觉,天地是那么广阔,我们是谁,我们在哪儿,我们要做些什么?

我们边吃瓜边交谈,想起在萨贡托那个为我们指路的小伙子。那是从瓦伦西亚到格林纳达的路上,我们在高速上看到前方山顶上有一座很大的古堡,临时决定下路去看看。

车进入城镇后,眼前的树木和建筑挡住了视野,我们失去了前往城堡的方向。路上基本没有行人,只好到一家修车行问路。一位英俊的西班牙小伙子也是因语言不通,无法为我们讲清前往的道路,于是他转身进入店里,取出纸笔,一边用简单的英语讲解,一边画了一张有花坛、汽车站、小广场的地图。还比画着手势,意思是说,抱歉,因为工作,无法带我们前往。我们记住了这位热心的小伙子,他还告诉我们这里是萨贡托,古堡就是罗马时期的萨贡托城堡,已经有两千五百年了。后来,那张图成了我们同行者的收藏纪念品。

按照地图我们的车顺利地攀上了一条狭窄石子路尽头的小平台,四周都是老房屋的遗址和白色的陵墓,抬头就是山头上的古堡了。一条小路绕过嶙峋古老的橄榄树,结满了果子的无花果树和夹竹桃树丛,攀过几块巨大的巨石,就是残破的古罗马城堡了。城门拱形的门洞处有一些戏剧演出的招贴画,城堡的一些地方被改造成了多个独有风味的小剧场,因为是上午,剧场和城堡内,除了几个布置场地的人,基本没有其他人。我们沿路下山,顺手摘了几个悬在头顶上的无花果,那果实已经熟透了,再不摘就会落下来。果皮的墨绿和潮红色相交,有一种异样的浓香,稍一靠近就会扑面而来。

我们步行下山,走过那些石子路弯弯曲曲的窄巷,许多建筑都是中世纪的。穿出几条街巷就是城市中心广场,城市纪念馆、大剧院都是新建筑,缺少了特色。我们在广场小卖部买冰激凌,服务员加满了纸杯,用勺子压实,又在上面加了一勺。萨贡托人的真诚与实在,给我们留下了难忘的记忆。

有时我会想,在两千五百年中,曾有多少人登临过这座罗马时代的古堡?在那些融入了战火和鲜血的城堡中的演出,谁会幽灵般地登场,让观者有如身临其境之感。苍茫流逝的时光中,在生命的尽头,又有多少人以无花果的寓意,保留了曾经青涩而令人回味的余香。

我们还是回到拉曼查荒原,吃完西瓜,我们继续驱车上路,穿过洛尔迦谣曲中的荒原,我们到了塞万提斯的风车镇。在风车镇南部,透过孔苏埃格拉城堡残破的围墙,可以看到一座南北走向的小山,它处于一片苍茫的荒原上。山脊上,是一字排开的十二座白色的风车老磨坊。孔苏埃格拉城堡很小,但修筑得很坚固,围墙高大、宽厚,地下室、牢房、军事和民用设施齐全,许多已经倒塌,有几处供游人休息和参观的地方做了简单的修整。沿着公路走两三公里，就到了有风车的小山的中前部。沿人行道爬上山坡，西风劲吹，荒草随风起伏，令人立刻感受到了荒原上的味道。风车磨坊很大，有两三层楼高，已不再具有实用的功能，巨大的扇叶大多已不再转动，作为旅游景点，十二座风车，顺着山势，参差不齐地排列在山脊上，从许多个角度看去，都颇有味道。

我们沿着山路，前往有圣胡安教堂的孔苏埃格拉小镇，在山下一片果园边的小饭店吃午饭，果园篱笆上装饰着堂吉诃德、老马、桑丘、驴和城堡的黑色剪影，房子也有着老磨坊的味道。饭店室内室外座位很多，但客人很少。老板是一位胖胖的乐呵呵的中年西班牙大叔，饭菜一般，酒卖得很便宜。

孔苏埃格拉小镇是寂静的，整体呈土红色，教堂的钟楼顶子也是红色的。街上没有行人，也没有商贩。我想，这如果是中国的旅游点，那会有多热闹。而这里的古堡、风车阵都是免费开放的。

塞万提斯在西班牙有几处故居，我们参观了一座他夫人舅舅家，他曾居住了多年的院子。那村子的样子很像中国北方中部平原上村子的感觉，起脊的瓦房，石灰的院墙，木质的大门。院子里的房屋不高，中年的女解说员非常敬业，对远道而来的客人格外热情，很细致地讲解了塞万提斯的生活、写作和在这里居住的情况。最后，还带我们参观这个院子里的地下室。一间堆放着许多农具的房间，有一个宽大的地下室的入口。里面有许多大的水缸，地下室很宽很长，能走进去近百米。据说这个不大的村庄，所有的院落中都有地下室，而且是相互连通的，很像中国的地道战，但比我们看到的地道战更宽大而开敞。我没有弄懂，这地下通道是不是与战争相关，但显然有储藏粮食和酒的功能。

矮小、独臂，被囚在过北非战俘营和西班牙牢房的塞万提斯，在经历了多年的生活煎熬后，终于完成了他的划时代的巨著，这是《源于铅笔小镇的一部巨著》，我想用我的诗，用最简单的语言，讲述他的故事：

从铅笔小镇到风车镇／这不是童话中的里程／却有着一部写于16世纪的皇皇巨著／／塞万提斯　一位独臂的英雄／用一生的噩运／悟透了那个时代的社会与人生／在他的笔下／不识人间焰火的梦幻者堂吉诃德／木讷憨厚的农夫桑丘／他们骑着驽马和矮驴的形象／深深地嵌入了／拉曼查荒原和西班牙的历史中／／八月的烈日下／我攀上了风车镇的山顶／西风劲吹／枯草伏向斑驳的石头／孔苏埃格拉城堡残破但依然坚固／它的一侧　十二座风车错落有致／将巨人阵排列成一字形／它们黑色的扇叶已不再吱呀转动／历史远去　而这里的风／依旧狂野而苍凉／山下那座数百年的小镇／在湛蓝的天空下／土红的屋顶／托起圣胡安教堂高耸的尖顶／／矮小的塞万提斯／一个多次入狱的小职员／死后的墓地／遗失在

当地的一座修道院里 / 从红衣主教的侍从 / 到地中海战场的独臂英雄 / 还曾有十个春秋 / 被囚于北非阿尔及利亚的战俘营 / 他一生写下了那么多的诗与文 / 而后在铅笔镇的小旅馆里 / 在女老板的怂恿下 / 五十多岁的他　呕心沥血 / 构思了这部文艺复兴时代的巨著 // 拉曼查原野 / 曾是那样的荒凉 / 塞万提斯　一位历尽了苦难的独行者 / 在中世纪 / 他穿越了教堂的钟声 / 斩断骑士的长矛 / 用一部与《巨人传》和《十日谈》等值的书 / 宣告了一个时代的消亡 // 如今的拉曼查原野 / 已不再是塞万提斯时代的荒芜与凄凉 / 亿万棵灰绿色的橄榄树 / 布满了它连绵起伏的坡地与丘陵 / 一则源于铅笔小镇的故事 / 以各种文体与形态传遍了全球

——2015 年 9 月 14 日

风车镇属于托莱多省的一个城镇，而托莱多这座袖珍的古城，曾是西哥特人和卡斯蒂里亚王国的首都和宗教中心。

托莱多仿佛是建立在一块巨大的岩石上的袖珍的都市，塔霍河如马蹄铁一样环绕着它东南西三面，只有北面有进入城市的比萨格拉门和太阳门。有传说是诺亚的后代，仿照挪亚方舟建造了这座经典的世界文化遗产之城。

我们是傍晚来到这里的，坐上绕城的小火车环城而行。在太阳落山的时候，刚好来到小城的正南面，我们下车隔着塔霍河，静观剪影中城市的灯火，错落有致的城市剪影沉在暮色中，西边玫瑰色的晚霞，将城市建筑群映成了绛紫色，教堂与城堡的高塔的尖顶指向广袤的星空，巨大的、如屏风一样的城市剪影中，灯一盏一盏地渐次亮起，这时教堂的钟声逐一地敲响，我内心悠然间升起了无限的庄严与神圣之情。我想向所有的人说，此刻的托莱多就是童话中的人间天堂。

一座融入了基督教文明、伊斯兰文明、犹太教文明，经历了四百多年历史的城市，它石头上堆垒着石头，永恒、坚固，让每一个到过这里的人，都会真切地体会到人的伟大和历史的辉煌。我在一首名为《诺亚后裔的城》的短诗中，表达了我的观感：

托莱多　传说中诺亚后裔建造的／一座起于梦想而沉于幻境的小城／／塔霍河在夕阳的余晖中／像一块闪亮的马蹄铁　环绕着／这块巨大的岩石上修建的上万座房屋／玫瑰色的天光衬出／咖啡色剪影的皇宫　教堂和修道院的尖顶／点点星火　宝石般闪烁在山城的暗部／／从太阳门进入托莱多小城／石头上堆垒着石头　一条条狭窄的街巷／仿佛这里的匠人们金丝镶嵌的首饰／精致到令人惊叹　目不暇接　赏心悦目／／清晨的托莱多是寂静的／它石头砌成的街巷／响起清脆的马蹄和辚辚的车轮声／这昔日王国的都城　城阙和树荫相叠／清晨　太阳投下

它们紫色的影子／仿佛王公大臣们多年不散的梦

——2015年9月9日

　　托莱多是巨石上由石头堆垒而成的，它是一座精致的、袖珍的城市，它变化有致的街道与建筑，如同它的特产珠宝首饰一样，充满了迷人的魅力。它是小中见大，粗犷中见工匠技巧和设计者灵魂的一座独特的城市。

　　1561年腓力二世将首都从托莱多迁往马德里，那里的太阳广场上有塞万提斯的雕像，那里有新的皇宫和火车站附近的三大博物馆。在那里我看到了伟大的戈雅，毕加索的《格尔尼卡》，当然还有莫奈、凡·高和达利的真迹。

埃森的大储气罐展馆和黄铜"绊脚石"

走的地方多了,有时会在不经意间遇到许多有趣味的事。比如在瑞士和意大利边界的科莫湖赶上母亲节,看到那些从教堂里走出的,阳光下手捧鲜花,满含微笑的母亲们,我想起了自己母亲的笑容,那一刻钟声响起,我不由得眼中蓄满了泪水。那年在德国的上阿莫高小镇,正赶上每十年一次的万人纪念耶稣演唱日,那些穿着演出服装的人站满了教堂前的广场,小镇如同节日,聚集了来自四面八方的人。还有,在罗马赶上公交工人大罢工,我们只好靠两条腿走遍了那个伟大而古老的城市。在慕尼黑,遇到举彩虹旗,举办全国聚会游行的人,那场面也是惊艳的。

我们第一次到埃森就遇到了这个城市一年一度的商业购物节,就像中国一些城镇的庙会一样,主要街道摆满了各种摊位,化装游行、大篷车演出、各种游戏娱乐项目也在街头摆出摊位,个人也能将自己的物品摆出来销售,因为那是一项自由而开心的娱乐活动。

埃森是德国西部的老工业基地，二战时受到盟军的多番轰炸。想到埃森就会想到李鸿章和中国北洋水师的红衣大炮，它们就是李中堂从德国埃森的克虏伯家族购买的。二战后，埃森的煤矿、制造业为德国的发展作出了极大的贡献。现在这个到处是烟筒的地方已经成功地转型，过去的矿山、工厂都成了旅游或各种的文化娱乐场地，它们为世界的减排、环保作出了榜样。

我到过那里许多个转型后的地方，如巨大的储气罐展厅、矿山博物馆、煤矸石演出场、洗煤场图书馆等。那些设施依旧有着当年机器轰鸣的壮观，但它们以另外的美，让我们感受着现代文化的新价值。

那年储气罐展厅在举办一个非洲摄影艺术展，我和几位朋友走进了那个高一百多米，直径五六十米的罐体中。罐中分为三层，一二层四周为图片展出区，展示图片大小混搭，布置得错落有致，充分体现了非洲大地之美。中间是一棵同储气罐一样高的非洲的大树，人们可以借助罐体中的铁梯，攀上树顶，从那里观看展厅的全貌，那是一种其他展馆体会不到的感受。煤矸石演出场，也是人们锻炼的行走步道，矿山机械和工具改造成的现代雕塑，历史传说的纪念文字，布置在两千米坡道上的不同位置的休息区，煤矸石山的最高处竖立了一大排高低不同的巷道支撑木，它们被涂上了五彩的色块，有些像美洲的图腾柱，沿着山势，呈弧形地排列在那儿，给人一种别有意味的美感。站在那些彩色柱子边，能看到很远的城市与小镇。享誉世界的皮娜·鲍什现代舞团曾将这里做过露天演出场。

我参观过一个转型后的煤矿，矿工村的房舍还有人居住，房子都是一百年前的，灰色的木筋房，小小的院子，都修缮得很整洁，街区的树很高大，那是一个很安静的小镇。从那儿到矿山要走十几分钟的坡道，矿山的厂房和机械都原样地保存着，人们可以看到当年矿山金属的高大的提升架。一些厂房改成了展览馆，有的变成了图书馆或咖啡店。我们参观了一个正在展出的世界环保图片展。矿山的一片空地上，有一个现代的装置艺术，那里摆了一大片当年矿工穿过的旧靴子，有篮球场那么大。肮脏、扭曲、破烂不堪。它们在向我们展示当年矿工的艰辛与劳作。旁边那些庞大的、生了铁锈的矿山机械，也在向我们呈现着大工业时代的坚韧与壮美。

埃森周边有许多值得一看的小城，如恩格斯的故乡伍伯塔尔市，那里有一种电车是倒吊在钢架铁轨上运行的，有些像高山缆车，这种城市轨道车修建于二战之前，车厢能容纳四五十人，它穿行于山谷的城市里，有近百年的历史了，现在仍在照常运行。这条轨道的一端就是德国著名的拜耳制药厂。

世界上最著名的军火制造商和工业大亨克虏伯，他的庄园现在是对外开放的，运河从它一边流过，汇入莱茵河，那里风景如画，巨大的船闸将河流分为高低两段，游船过闸，让我想起了长江的葛洲坝，当然它的规模比葛洲坝小了很多。还有很多很有意思的地方，如能吃鸵鸟肉的鸵鸟养殖场，它旁边的坡地上是一片新颖的高尔夫、足球、健身运动场。

在埃森的大街上,我看见了许多块十厘米大小的黄铜小方块,上面刻写着一些人的名字和出生年月日,镶嵌在人行道的地砖中。朋友告诉我,它们被称为"绊脚石",有两万多块散布在德国七百座城镇的甬道上,它们让世人不断地低下头来,向二战中被迫害、被驱除的犹太人致歉。那些铜牌上的名字,就是那些曾经居住在这里的犹太人。冈特·德姆尼希,一个德国艺术家,用一个构想,完成了一座世界最大的非集中式的纪念碑。"当一个人的名字被忘却时,这个人才算真正被遗忘"这个由犹太法典启示的行动灵感,向世界再次宣布:反人类的罪行任何时候都不能被忘记。

埃森是属于鲁尔大区的一个重要城市,由重工业和矿山转型后的鲁尔大区,形成了一条有四百公里的闭环的文化景观带。它很好地保留着工业遗产的因素,它们恰如其分地点缀在这条环形路线上,让人们不会忘记它昔日的辉煌。

荷兰的大风车及奶酪市场

埃森与荷兰接壤,开车不一会儿就能进入荷兰。我几次去荷兰,都是从这里出发的。

荷兰给我的整体印象是,乡村寂静、安然,到处是鲜花的庭院,田野开阔、牧场整齐、水源丰富。风车只是现代农业的点缀,是旅游必不可少的项目。而城市在古典建筑群中,凸现了许多现代和后现代的新型建筑。桥梁众多,水网密集,鲜花和自行车是城市的另一道风景。当然,在我心中更为突出的是伟大的伦勃朗和凡·高。

阿姆斯特丹,这座坐落在北海海湾里的城市,是一座天然的良港,从16世纪西班牙人退出荷兰,这里逐步发展为欧洲著名的港口城市。它同威尼斯一样,被称为漂在水上的城市。如同有些城市的环路,它以人工河构成了五环的水上之路。威尼斯有纵横交错的水巷,阿姆斯特丹的水路更大、更宽,更适合较大的船只的行进与运输。威尼斯有四百多座桥梁,多为石桥。而阿姆斯特丹有一千多座桥梁,当然威尼斯更古老,它们的城市落成相差了近千年。

阿姆斯特丹吸引我的不是皇宫，不是开放的红灯区，而是凡·高美术馆和荷兰国立博物馆。凡·高美术馆建成于1973年，那里常年展出着凡·高两百多幅素描和油画作品，如此集中的展示，让我真正感受到了凡·高绘画的天赋与作品的伟大。在那个展馆中，我反复看了一整个下午直到闭馆的铃声响起，才不舍地走出展馆。我在几幅珍品面前流连忘返，它们所散发出的画家的灵魂，是任何印刷品都无法企及的。那幅《麦田上的乌鸦》是凡·高临终前最后的作品，画幅不大，但当你站在它的面前，金黄的光泽和扑面而来的黑色的鸦群，会将你裹挟其中，你仿佛听到了黄昏里，那震耳欲聋的振翅与嘶哑的鸣叫之声。每一幅优秀的艺术作品，都会蕴含着艺术家不息的灵魂。中立博物馆中有荷兰画派一批大画家的臻品，伦勃朗的那幅享誉世界的大作《夜巡》在正中的大厅里。

我曾到过荷兰的几个城市，鹿特丹、海牙、莱顿、豪达，还有一些小城和村镇。海边高大的堤坝，村镇上各家院子里花团锦簇，传统的芦苇草房顶的老房子依旧随处可见，那些房子造型优美，体现着乡村的朴素与原生态之美。因为荷兰有近25%低于海平面的土地，他们发明了造型独特、排水和加工粮食的风车磨坊。现在的风车有的还保持着它的功能，有的只是作为旅游参观的景点。那风车远比我们想得复杂，它高大的建筑中有着复杂的内部结构。风车内部分为三层，既是加工厂，也是磨坊主的家。坚固的木架和复杂的传动装置，可以调节的排水装置，对于手工时代的人们来说，所有的木制或金属部件都是庞然大物，而几个世纪前，荷兰人就熟练自如地掌控了这些田野里的巨人，让这里的土地保持着应有的水位，它是这里必不可少的劳动工具。我们在旅游中所看到的，只是彩色的木头套鞋、鲜艳的郁金香，而多少世纪以来，人们艰难的劳作却被掩盖在了华丽的表层之下。

那年在小城阿尔克马尔，一个有着许多中世纪建筑和河流的城市，白天我参观了这里的奶酪拍卖市场。仪式简洁，华丽的服饰让人们仿佛回到古老的传统之中，奶酪从许多不同的地方用船和车运过来，成片地堆放在广场上。地方官员、市场管理者、老板、雇员在分别忙碌着，运奶酪的双人抬的木架，在参观人群中跑出了各种花样，有着很多的表演、比赛和不同品牌的展示。过磅的方式也是传统的，雇员穿着红色的衣服和帽子，喊着口号，用传统的方式写出记账的单据，成交的奶酪又分别装上了不同的车船上。

小城阿尔克马尔同许多的荷兰小城一样充满了魅力，各种船只川行在河道中，傍晚灯光亮起，河面上映出了五光十色的灯火，白天的奶酪市场此刻摆满了餐馆和酒吧的桌椅，我看到了一个人声鼎沸的不夜城。

那是一个周末，吃过晚饭，我们走过几条街巷，跨过几座桥梁，在灯光夜影中欣赏城市的夜景，到处是喧闹的人群，音乐声和人们的欢声笑语交织在一起。因语言的不通，我与眼前的喧嚣仿佛有了某些间离，亦真亦幻，仿佛在一个三维的风光片中穿行。

回到宾馆，回复了一些短信，看到一位老友病重的消息，远在异国他乡，突然有了一种无法消解的惆怅，想到许多许多的往事，夜不能寐，写下了这首名为《阿尔克马尔随想》的短诗：

夏日的大海，少女和暖风／那首有关集市的爱尔兰歌曲在心中涌动／爱的灵魂　你将飘向哪儿呀／／在海边　在异国他乡的街头／面对鲜花　阳光　酒和人们璀璨的笑容／面对祥和的人群我却想到／往昔　远方　家　亲人和朋友／已逝去的我们已无法挽留／正在困厄中的　我们又能如何伸出援手／真想让这个世界尽如人意呀／／听　少女们舒缓圆润的歌声天使般美好／想到岁月沧桑　想到大河川流／在世界的某个角落／在阿尔克马尔夏日夜晚的街头／／白日的奶酪市场此刻布满了酒吧的座椅／蜂巢般混杂的人群将周末推向某些高峰／因语言的隔阂我无法融入／我知道此刻我心中的哀伤与他人无关／／大海静息　一只逆光驶离的航船／留下了清晰的剪影／星空遥远　我心回少年／把那些苍凉的歌曲轻轻地唱给自己听

——2019 年 7 月 25 日

附记：2019年夏，在荷兰一个河网交织、阳光璀璨的小城，因为美好而想到人生许多不同的境遇，想到星散于世界各地的友人和远方病痛中的朋友。读一篇短文，听一支老友发布的歌曲，令我内心无法平静。

是的，真想让这个世界尽如人意呀，但这只是一个美好的愿望，生活在现实中的人们都在承受着各自不同的困厄。我们在世界上行走，我们了解历史，我们热爱文化，不就是想从中寻找我们灵魂的那些不朽的支柱嘛。

诗人散文
SHIREN SANWEN

法兰克福日记

法兰克福日记

（2010年7月2日—8月26日）

7月2日

  一架庞大的飞行器在一万米的高空飞行，大地苍茫，河流弯曲，道路笔直。一座城市，一座因世界杯而到处悬挂了黑、黄、红三色旗帜的德国中部城市，他们年轻的球队在世界杯上战绩不错，而人们心中有更高的期望。

  法兰克福机场很大，许多到欧洲的乘客都飞到这里转机。我们所住的对面是一家黑色圆形的酒店，像一枚竖立的硬币，它深色的玻璃映出另一群建筑，窗户上也飘着许多三色旗。

  上午十点半离开北京前往德国，十个小时后，于当地时间两点抵达法兰克福。

  这里是夏时制，与北京时差六小时。晚上十点，天还没有完全黑下来，据说冬天下午四点就要开路灯了。欧洲的夏季，天气凉爽，白天时间长，很适于旅行。

  晚饭后到中心广场看世界杯，安检入场，警察荷枪，国际大战虽在体育场上，但世界的确也不安宁。

买了几杯本地酿造的啤酒，色深、味苦，口味很重。一些人穿着自己所支持的球队的队服，一些人肩披着国旗，一些年轻人一边看球，一边饮酒，一边跳舞，很有些节日氛围。

7月3日

上午九点，乘大巴，在前往瑞士的路上。

莱茵河的上游像一条溪水，对岸是法国，前方是瑞士。起伏的丘陵，绿荫中红屋顶的村庄，是德国南部的特色，巴登巴登的黑森林早在我向往的心中，我们一路向前。

在大巴上过海关，不用下车，申根国的边界形同虚设。

瑞士卢赛恩，一座临湖的著名古城。白色的城堡在西面高耸的山峰上。城边一块很大的石壁上雕刻着一只垂死的狮子，是为纪念路易十六的卫士，来自瑞士的八百名雇佣兵。他们为保卫法国皇宫，死于大革命的炮火中。

一只受伤的垂死的狮子在石壁上，它是一座纪念碑。也为瑞士成为永久的中立国，永远不再做雇佣兵的国策，找到了依据，支撑了良知。

托尔斯泰曾为美丽的卢赛恩小城倾倒。廊桥蜿蜒，古老的木质建筑——花桥，横亘在湖面上，许多临水而建的18世纪的建筑和更古老的教堂坐落在湖光山色中。瓦格纳为什么在这里写出了那么繁复的乐章，一定事出有因，但我并不知其中详情。

一场雷雨在下午不期而遇，正值世界杯德国2比0领先于阿根廷时雷声轰然大作。有如马拉多纳此时的心情。我们避雨在一座楼檐下，看麦壳廊桥下湍急的水流，桥上的绘画记述了几个世纪前肆虐于欧洲的黑死病，那是中世纪死亡留下的符号，我们简单地看了过去，我不知道它当年的惨烈，是否触动了我们这些旅游者的心。

雷雨驱走了夏日阳光直射的热气。阿根廷一只被看好的世界劲旅，0比4告负。

晚上入住一家半山坡上的酒店，译名为"孔雀宾馆"，很好听的名字，环境也很美。

7月4日

晨起在山路散步，听牧场上的羊铃声和枝头的鸟鸣。山下高速公路干扰了清晨的寂静，但远山如黛，美不胜收。

山中的房舍掩映在绿树丛中，鲜花点缀在每一家的阳台和窗户上，整洁、鲜艳。想起我刚刚去过的一些中国农村的景点，脏和乱给人很不愉快的感受。可以花很多钱搞形象工程，没有人认真对待人们赖以生存的自然和环境，这些也是最为基本的民生问题。

早饭后驱车前往莱茵瀑布，大巴两次穿过德国和瑞士边界后方才到达。

莱茵瀑布不是垂挂的,有二十多米倾斜的落差,水流顺势而下,水雾升腾,白浪汹涌,被巨石分为三股。两侧山上古堡耸立。浪涛轰鸣着汇入碧潭,而后转七十度奔泻而去。

可乘船登临瀑中的巨石,两边白浪与水雾轰鸣着,如千钧霹雳化作了持续的吼声。

瀑布周边是旅游度假区,人们穿着鲜艳、亮丽,悠闲地在阳光下行走。

下午乘车返回,大雨再次骤然而降。丘陵起伏中的村庄变得模糊,一片夏日雨中的绿色,待收的金色麦田点缀其间。

傍晚回到法兰克福。一路上,雨时落时停。

晚饭后散步,走过一些街区,有花香,似洋槐,又如夜来香。有黑鸟啄食桑葚,紫色和白色的果实落了一地。想起有某位诗人写过这样的诗句,但记不太清楚了。

第一首诗:

黑鸟和紫色的果子

夏日雨后的树林静得出奇
一只黑鸟飞临
它轻轻地啼鸣
仿佛在呼唤着另一只

树上的雨滴还没有落尽

清凉地滴入脖颈

让我们驻足

抬头看见那些熟透了的果子

它们坠落　染黑了地面

紫色顺着雨水流入了石头的缝隙

那些染黑了地面的果子

也曾染黑过我们小小的手指

记得我们因大人的呵斥而偷笑时

我还看见你染黑了的小小的门齿

那只黑鸟转动头颈

它圆圆的眼睛

有如阳光下闪动的水滴

它跳动在枝丫间

低低地鸣叫

仿佛在呼唤着心中的另一只

7月5日

　　在家休整一天，写韩国汉城大学文学论坛的发言文章。傍晚开车到超市购物。离市区有一定的距离，很大，尤其是卖酒的区域很大，各种各样的啤酒、葡萄酒，价格很便宜。

7月6日

上班时间到法兰克福市中心，交通便利。商店一般是十点上班，街头许多流浪汉刚刚从他们夜晚的栖息地走上街头。市政广场上正在搭建看世界杯的看台，为7月7日德国战西班牙作准备。这之前没有想到年轻的德国队的战果会如此辉煌。

逛老街和市中心广场，满街是烤面包和煮咖啡的香味。

晚荷兰3比2战胜乌拉圭，挺进决赛。章鱼保罗大仙预测德国不胜西班牙。

7月7日

天气太热，在家画画，第一张彩色铅笔画完成。

傍晚上街，看酒吧里看足球的人气，因是住宅区，人不多，转回家看比赛。

章鱼大仙显灵，德国队0比1负于西班牙。

7月8日

上午写文章，下午驱车百里到维特海姆，一座美因河畔有古堡的历史文化小镇。这是两条河流的交汇之地，河谷绿树成荫，土红色的古堡高高耸立在树丛中。山下小镇上的石路清洁整齐，到处都是典型的欧洲古典建筑的美景。房屋各异，色彩纷呈。曲折的街巷中到处是酒吧、餐馆、商铺。镇中心的小广场上，阳伞下的人们悠闲自得。

夏日的阳光照在维特海姆，土红的古堡倒映在美茵河上，小镇广场遮阳伞下的人们比上帝悠闲，一杯啤酒的清爽让我融入其中。

傍晚在河边的长椅上小憩，天鹅在绿水中浮游，小镇上遛狗的人下班后出现在河岸两边，夕阳为房舍镀上了金色。

找一家镇中的老店吃土菜，店内装饰古朴，牛肉可口，面包也很好吃。

第二首诗：

正　　午

石头砌成的老房子
鲜花装点着每一个窗口
白云　山岗之上是湛蓝的天空
没有风　阳光投下雕像正午的影子

一个乐手
睡在童话般的矮树下

一群在水池边觅食的鸽子
一座喷泉代替了他的琴声

远处是陡峭山崖上的城堡
一条盘山的沥青路时隐时现于绿阴中
曾经是古老的葡萄园
一片绿色始终覆盖着山坡
墓地中的十字架闪烁
酒窖阴凉　我嗅到了橡木桶上金属的味道

一辆中世纪的马车
木制的四个轮子都有些倾斜了
停放在石头砌成的小广场上
主人们在往日的时光中时隐时现
一辆马车褪尽了的浮华
笨拙地　守候着一片寂静的阳光
守候着一座陌生小城的一个正午

7月9日

　　上午完成会议的文章，定题目为《谁曾渴望过，谁就会懂得》，本想用"绝望过"，后还是否定了。发给主办方，但没有英文翻译稿。

周末下午的市区很热闹,到处是人。大篷车卖菜的,卖汉堡、面包、水果的;卖艺的、刺青的、画像的、人体彩绘的……流浪汉混杂在人群之中,有的有明显的生理缺陷,想到大作曲家舒曼也是一位心理上的缺失者,遗传及后天的伤害让许许多多的人一生不幸。

到市立图书馆看画册,一个下午翻了十几册,有几本很有启发。现代主义——一种随心所欲的主观方式,现实的抽象,幻觉,梦境、精神松弛下的融汇。不苟同于前人的程式和观念,在作品中突出人的感受和精神的重要性,让作品有了建立另一个相关世界的生长力。

傍晚在星巴克喝冰咖啡,旁边有股市的标志铜铸雕像,牛和熊,牛角被摸得锃亮。熊很少有人问津。晚九时,市中心人流依旧熙熙攘攘。

7月10日

周六到西部山上的上乌泽尔森林中吃烤鱼,佐雷司令白葡萄酒。

一家农家餐馆,有乡野味道。鱼塘坐落在森林中,室内的墙壁上有许多的鱼和动物的标本。室外鸡、鹅,还有圈养的野猪。饭后林中散步,到处可以嗅到树木的味道。

下午四点到巴特红堡,是一座夏宫。有一棵巨大的英国女王送的雪松,绿荫匝地,丰满而抒情。四周的镇上有几座教堂，还有 16 世纪的老建筑。是一座很有历史的小城。

晚上看三四名大赛，德国 3 比 2 胜乌拉圭。

7月11日

第二张水彩笔画完成。

晚看世界杯决赛，海盗与斗牛士的对决，面对凶狠的橙衣军团，西班牙人艰难取胜。第一次将大力神杯捧在手中。

保罗大仙真灵。据说它只有三年的阳寿，也许是因它太多地泄露了天机。

7月12日

到市中心看罗马人广场，过铁桥，在美茵河边休息。

从南岸看德国的"曼哈顿"，有些小了，但这里的金融机构很多。法兰克福机场，世界飞行人次累计为第九位，仅次于北京。但这里人口仅有六十五万。

7月13日

这是一次独具魅力与美好的旅程。

科隆，莱茵河上的古城，一座双塔的科隆大教堂享誉世界，它竟然是用六百年才完成的一座建筑，令人不可思议。历经风雨的主体建筑呈深褐色。当你站在它的面前,那些细微而繁复的建筑细节,那些生动的雕像都有一段感人的故事。六百年积累的不仅仅是一座教堂,它也是一部人文与神话的史诗。

许多教师带来了自己的学生,他们在认真听着讲解,一些人类的文明史就是这样在心灵中相衔接的。教堂高大的穹顶画出许多条交错的弧线,明暗折射,丰富而神秘。彩色的玻璃窗,在艳丽中传达着许多宗教的故事,那些死后睡在圣坛四周的公爵、领主和大主教们,显赫而凝重。

蜡烛在教堂中闪烁着,有如人们忐忑的心情,面对一座伟大的建筑,面对历史,面对神圣与人的渺小和无知。我们点燃蜡烛,我们寄予希望与祈求。

科隆大教堂的广场上依旧是一个世俗的世界,人流熙攘,现代绘画的展览馆,莫迪利亚尼变形的女人体,安迪·沃霍尔简约的图案,野兽派、立体主义,等等。这样看来,印象派还是最温和的颠覆与反叛者。

周边的建筑与教堂也呈现着一种不协调和杂陈的感觉。二战几乎被夷为平地的城市,在被盟军有意保护的大教堂四周繁乱地生长。

广场西侧是一条步行街,人声鼎沸,商铺林立。有几个献艺者扮成天使、武士,有几个奇异乐器的演奏者不断引来掌声和一些扔进帽子的硬币。我被广场上的一个黑色的小精灵所吸引,一个个子矮小的小黑人吹一支木质的竖笛,双脚的金属响板打出节拍,乐声清晰而欢快。我以为他一定是这古老大教堂某个精灵的现代变异,如果给他一双翅膀,他将在我们头顶上飞翔,有如他的乐声,缭绕在人们的心上。

路过555号高速公路,二战前的第一条高速。据说在希特勒时代,德国已有三百多公里的高速路。在这条路上行驶,让人想到很多。生活在六十年前的人们经历了最残酷的年代。

下午四点到达科布伦茨。这里是摩泽尔河与莱茵河的交汇处,一座要塞居于山顶。汇流处一座巨大的骑马者的青铜雕像面对河对岸山上的要塞,俯视着奔流而去的河流。因为在修缮,我们无法登上平台,但雕像的确很高大,两条大河从他的身边从容地流过。

沿莱茵河驱车向上游的吕德斯海姆,是七十五公里赏心悦目的河谷之行。河上没有一座桥梁,保持着河流自然而然的原貌。

艳阳高照,河水闪着耀眼的光芒,在山谷中蜿蜒流淌。有时滔滔而下,有时在转弯处变得宽阔而舒展,江心洲上绿树成荫,天鹅、大雁、江鸥栖息在浅湾中。罗蕾莱礁石上美丽的女妖,有着感人的传说,有文学与音乐的经典之作因她而产生。河两岸的绿荫丛中有许多美丽的小镇坐落其间,白墙红瓦,教堂尖尖的顶楼闪着金光,最引人瞩目的是沿河的古城堡,它们不断地映入你的眼帘,让你由自然进入历史,由造型各异的古典建筑,想到那些生活在久远年代的人们。他们伴着一条大河进入了历史,我们沿着一条流淌的历史来到了现代。

马克堡、施特伦贝格堡、利本施坦堡、鼠堡、费尔斯城堡、猫堡、舍恩堡、苏内克堡、赖兴斯坦堡、莱茵斯坦堡、克洛普堡等十几座古堡坐落在七十五公里的河流上,让一条河流成为经典,也让我们感受一条父亲河的文化风貌。

吕德斯海姆,一颗莱茵河上的明珠。一条短街,几个小巷,莱茵河如绿色的丝带,上千年的流淌着,山上的威廉一世纪念碑,在帕格底那高地之上,在万亩葡萄园之上。修道院、纪念馆、兑烈性酒的咖啡,镇上的商品琳琅满目。还有一座名叫哈尼洛的餐馆,坐落在画眉鸟巷的中部。一家经营了几代人的店铺,多年积累了可以说是异常丰富的墙壁饰物,在柔和的灯光中,展示着一个经营者的文化情趣。它们让人记住,也让人留恋。在店铺的几处店堂和院落之间有一座小小的舞台。一边用餐,一边欣赏着和谐的德国乡间歌曲,这已是莱茵河上的最惬意的时光了。噢,对了,还有,要一杯当地出产的白葡萄酒,坐在街头的酒吧,欣赏着傍晚逛街的人们,忘记世上的一切,生活中确有让人留恋如美酒的好地方。

7月14日

写出前一天的日志,写一首有关河流的诗。傍晚雷雨大作,雷声很近,想起中国西部高原上的乌云、雷鸣和闪电。

第三首诗:

一条大河到底有多少传说

一条大河到底有多少传说
兽骨的短笛轻诉着岁月的锈色
青铜的雕像倒映在水中
一座山中的小镇受惠于蜿蜒的河流
一座祖先遗留的石房子
将气息传给了一架古琴
一位歌手沉醉于乐曲的波涛汹涌

一条大河到底有多少传说
一条沉船梦见了北风中的大雨滂沱
滚滚雷声震慑着鬼魅与精灵
雕栏上的彩绘源于一个异乡的人
他曾面对着大河哭泣
他的泪水淌入了滔滔的水流
一个声音在暴雨中呼唤

画出梦想你就可以坦然安睡
绘出希望你就能再次扬帆远行

一条大河到底有多少传说

它的魅力来自叮叮当当的打铁炉

一把长剑的寒光刺破了飞翔的梦

一个马刺埋入田园又进入了陈年的老酒

一个酿酒作坊的工匠

嗅出了酒桶中铁锈的芬芳

一条大河到底有多少传说

山麓起伏　　血流奔涌

一位智者摘下棘冠说出真理

一位武士脱下铠甲垂下头颅

一位国王放弃战马爱上漂流

漫山遍野的葡萄园炸裂了浆果

汹涌成一条滔滔汩汩的大河

画眉鸟婉转地唱出遗忘的情歌

酒神在橡木桶中呢喃着满含醉意的传说

7月15日

上午天气很好,到住所西边散步,走进一片住宅中的树林。树木很大,很多棵都有上百年了。树干上长满了绿苔,虽是阳光灿烂的夏日仍保持着青绿的颜色。昨夜的一场大风吹折了许多的树枝,落叶飞扬,风甚至有些凉了,仿佛北京的秋天。

一座桥头，一些蜡烛、花环、十字架和一些鲜花摆放在那儿，是祭奠一位少年。是车祸，还是什么？一个幼小的生命仍活在人们心中。

下午打电话、发信。

晚饭后游泳，有室内的深水和造浪池，有水温较高的浅水池。一条河流式的通道，推开转动的门可以到室外的弯曲泳池中游玩，岸上有休息的地方。有很负责任的安全人员在岸上值班。室内有三米、五米的跳台和跳板，还有螺旋式水滑梯。限时 1 小时 30 分钟为一场，以控制在场人数，泳池的设施适合多种人群。

泳池外有大片的树木和草地。

7 月 16 日

画了一张钢笔、水彩和彩笔相结合的画，效果一般。

下午到城区，找歌德故居，到处是弯曲的街巷。久寻而不得见。一块绿地中有席勒雕像，后又见到歌德雕像，但还不是故居所在地。接电话后到冬来办公室，与老杨五人到棕榈坊吃火锅。火锅是中国式的，饭后好吃的甜品和冰激凌是西式的，但的确好吃。

饭后开车到附近的森林散步，十几分钟的车程。一些人开车来这里遛狗，除狗叫没有其他的声音，鸟也很少，看到两只过路的野兔，捡到了许多橡子树籽，青绿色的花座上有饱满的椭圆形籽粒，很好看。

7月17日

午饭后到海德堡，高速路一小时，一百公里。德国的高速很好走。

老城区的石路，游人很多，沿石阶登古堡，雨后的林荫路，潮湿有如在中国南方的山林中，有翠绿的竹子和叶子肥厚的阔叶树。几座有圆形顶楼的古典式建筑点缀在树丛中。登上古堡的平台，河流和城市尽收眼底。

古堡很大，因战争、岁月和多次的雷击，有许多的断垣残壁，褐红色的墙壁呈现了时光的流逝。几个世纪的风雨将一座古老建筑的高贵、神秘与沧桑给予了我们。

古堡地下室中的大酒桶世界第一，能盛二十二万升葡萄酒，酒桶上方是一小舞池，供酒后的王公们跳舞娱乐。

医药历史展馆让人进入历史，西方人也是从草药开始的，但更注重提炼和另一种方向的研究。

古堡的历代君主雕像高高地站在墙上，身着铠甲，手持权杖和武器，俯视着络绎不绝的游人。石头垒成的巨大的古堡，倾斜的石头地面的城堡中心广场，多重弯曲的山道和十几座固若金汤的大门，石墙上的瞭望孔……想象当年君主的神圣和城堡的森严壁垒，中世纪人们的生存，笼罩在一座座巨大城堡的阴影中。也许，只有教堂的钟声能平复人们心中的无形的块垒。

舒曼、黑格尔、歌德、透纳，许多文人、音乐家、哲学家、画家在海德堡这座中世纪的城市生活过。这里有最早的德国的大学——海德堡大学。海德堡是12世纪中叶欧洲的十大城市之一。

一同寻找十年前刘红留过影的几处地方，女神广场、古堡平台、桥头猴子雕像还有桥上对岸的别墅。我们用老照片找到当年拍照的角度，再手持照片拍出新的照片，引来路人的好奇，有人终于搞懂了这几个东方人在搞什么名堂，鼓掌赞赏，欢笑而去。

在夕照中走内卡河上九孔的老桥，两座白色的桥头圆塔是老城的大门，它们在一片红色建筑中格外醒目。桥上的四座雕塑各有具体的故事，美景太多，游客们已无暇顾及更多的细节。一艘白色的游船驶过，船上的人们在平台上尽情歌舞，引得桥上的人随之鼓掌。海德堡是夏日里一座欢乐的城市。

在老街的酒店吃晚饭，要了半干白葡萄酒。一条百米的街上，所有的店铺前都坐满了周末度假的人们。

一座老城，一座中世纪的老城，几百年了，有多少人曾在这儿生活过？买了两张老油画的明信片，和它们一同进入历史：出猎的贵族队伍，凶悍的猎狗，十几匹马搅起了街上的尘土，后面的车辆还没有出现，但领主的威风已凛然于画面。背后是晨光中的大桥、海德堡城堡、教堂。内卡河平静地流着，农妇倚门观望，远山和树木葱茏，是个晴朗的夏日好时光。另一张是黄昏的海德堡，船只正在靠岸，夕阳透过云层照在大桥和伊丽莎白双塔门，高高在上的海德堡城堡仿佛人间天堂。前一张画于 1850 年，另一张是 1877 年。一百五十年前人类的历史发生了那么多事情，人类的生活与当年也已大相径庭，它们的色调是深棕的，有一种沉甸甸的古典的意味，让我沉下心来，让我回到过去，让我心中满含虔诚。

九点半，在富丽的晚霞中回法兰克福。

7月18日

整理前一段日记，上网。订下一段计划。

傍晚到附近寻找十年前刘红他们曾住过的酒店，走过几家大银行，在两条城市铁轨交叉处找到那家淡蓝色调的宾馆，照相留念。周边寂静，人很少，只有一辆大巴停在那儿。

穿过天桥，在一小广场上小坐。7月中的天气，凉爽、舒适，没有蚊虫干扰，对面酒吧的伞已经收起来，几个人相对而坐，有的在饮酒，有的在吃一点儿简单的饭菜。服务员是亚洲人，那位又胖又矮的女服务员像缅甸或泰国人，另一位小伙子有些像中国人。九点半，天将黑了，走过寂静的街区回家，今天是星期日，因而街上格外安静。

7月19日

读书、查找资料。傍晚到另一家购物中心，有多种商店和饮食店，还有超市，很大，地上三层和地下两层。有供孩子们游乐的设施。让我想起北京新开的大悦城。

7月20日

早起徒步走17路公交路线，沿途寻找当年刘红照过相片的几处地方。展会前广场，大铁人和地标建筑铅笔楼，火车站广场。——寻到原址，十年有了些许变化，但不大。按原角度拍照，花坛变成了自行车停放处，原来偶然进入照片的人到哪儿去了，他们生活得怎么样？十年绝对是人生中一个不小的数字。

下午到歌德故居参观，一座二战中炸毁的老建筑，二战后照原样修复。四层楼，有许多的老家具，油画，书籍。仿古的地板吱吱嘎嘎地尖叫，仿佛让参观者小心：注意，你踩到歌德先生的脚印了。一张法兰克福老城图让人感动，皇冠式的总体造型，与美因河相连的护城河、船坞、瞭望塔，城市格局依旧是原来的样子，只是城墙没有了，保留了一些瞭望塔，淹没在现在的楼群中，原来的护城河变成了环形的绿地，为新城和老城画出了一条绿色的界线。

老歌剧院是一座文艺复兴式的建筑，二战毁于战火，20

世纪 70 年代修复，经常有演出，四楼的咖啡厅据说很有传统，体现着当地贵族的遗风，哪天去体验一下。

7月21日

用瓷盘和丙烯颜料画了一张住所窗前的风景，作为送给张昭、冬来的礼品。即使他们离开了法兰克福，也会是一个很好的纪念品。

7月22日

阴有雨，据说本周后几日都是阴雨天气，看来不会太热了。今天有些像北京的十月初的天气。上网，发博客文章。回了几封信。

7月23日

看从北京带来的稿件，没有发现让人有新感觉的作品，但有几份还不错。

晚八点驱车到莱茵河畔的吕德斯海姆，一路有雨。小雨中找到提前预订的旅馆，在小镇的后街上，是老房子。窗子应该是面向西的。店主送葡萄酒，有些像带气的香槟，酸中有些甜。这里是德国葡萄酒的中心产地，小镇上有很多私家酒作坊，还有一家酒博物馆。

放好行李，四人到画眉巷一家有演唱的餐馆各要了一杯。我的半干白葡萄酒是很适于听着德国乡间歌手的演唱时品味的那种，有些酸中的甘醇。刘红要的是当地才有的酒咖啡，将一小瓶烈性酒倒入敞口、圆肚的瓷杯中，点燃蓝色的火焰再倒入热咖啡，用一坨调制的白色洒有棕色斑点的奶油盖在上面，热酒，热咖啡，很容易上头，如是冬天，在欧洲多阴雨的时节，一杯这样的饮料，的确是迷人的。

雨还在下，我们坐在院中有玻璃棚顶的地方，一边品尝，一边欣赏乐手们的随意而有意蕴的演唱。十一点在小雨中返回小酒店，路过几家酒吧，都还在今晚最后的欢舞与高歌中。

雨中的小镇，有些过早地进入了沉睡中，一点儿声音也没有。

7月24日

晨起从窗户可以看到层层的铁灰色屋顶，这是莱茵河中部的建筑的屋顶基本颜色，石片的牛舌瓦，我觉得更像鱼鳞的形状，也有较新的陶瓦屋顶，呈暗红色。墙都是白、淡黄、淡橙色或浅粉绿色的，与屋顶形成很好的对比色。越过屋脊和树木，可以看到莱茵河对岸山顶上晨光中的一座城堡。画了一张有几座屋顶的速写。

七点到街上走走，再次看到许多熟悉的美丽的房舍。到江边看游船，到小镇的最北边看古堡和葡萄园。多少世纪的传统的石头铺成的街路，当年的马蹄和车轮声在人们的心中永恒地鸣响着。

早饭是自助的，咖啡、红茶、面包、鸡蛋、水果罐头等。饭后开车上山，云开雾散，白云流过日耳曼女神的头顶，她一手花环、一手持缠绕橄榄枝的长剑，高高地站在山顶的纪念碑基座上，下方是所属二十二国的徽标，左边是战神，右边是和平女神，他们背上的翅羽展于蓝天与白云之间。为了纪念帝国的统一，他们已在莱茵河边的高地上站立了几个世纪。俯视着大片大片的葡萄园，看莱茵河不息的流淌。

阳光下的莱茵河波光粼粼，对岸的城镇尽收眼底，葡萄园和金黄的麦地，更多的是绿色的森林，在蓝天白云下，夏日的清风中飘来薰衣草的芳香。这里曾是罗马帝国的中心地带，河流的两岸有许多个中世纪的城堡，矗立在山顶、坚固的巨岩或江心洲上。它们是历史和文明的见证者。它们将土红色的、白色的，历经了风雨的古朴的身姿展示在蓝色的河流和绿色的森林之上。

我们沿着山中的公路穿行于森林和田地之间，又沿河返回。中间路过几个村子，看到教堂、古老的房舍、窄小的街巷。干净，整洁，比城市更舒适的乡间住所，树木和鲜花中的现代乡村，让人向往。中午在吕德斯海姆一家古色古香的餐馆院落中吃饭，还是白葡萄酒，因为这里是它的中心产地，不能错过的最地道的人间美味。青菜沙拉，烹制过的土豆，很可口的鱼和鸡肉。地处主街的三岔路口，可以看到很多的来自各国的游人。据说这里每年有三百万人游览。的确是一座让人留恋的小镇。

7月下旬，雨后的法兰克福穿单衣已有些冷了。

第四首诗：

蜂　　鸟

我们在那座巨大的青铜雕像下眺望

莱茵河水闪烁

远山微茫　一座古堡

背着阳光投下深沉的阴影

收割过的麦地金黄

薰衣草已近凋谢

色泽深紫　但花香依旧袭人

我们从一片碧绿的葡萄园收回目光

凝神于身边采蜜的蜂群

一只小小的蜂鸟

彗星般地闪过我的镜头

在一朵玫瑰前悬停　颤动着它神奇的翅膀

那么微小　和蜂群混在一起
它的背后高大的战神和和平之神静默
森林之灵神秘地显现
忘情于蔚蓝的群峰

山下　一座千年的古镇
最早沉入了黄昏之中
蓝色的摆渡船划破金色的河流
心中的圆号低沉地响起
一只小小的蜂鸟
闪烁着飞进了太阳的瞳孔

7月25日

周日上午到跳蚤市场,从城西到城的东北角,市场设在一家大的超市的停车场内,因为周日所有的超市关门,很大的停车场变成了一个大的市场。有些像杂货市场,什么都有,衣物、日用品、艺术品,有新货也有旧货。有几百个摊位。有几千人在逛。

我们入乡随俗也买了一些德国邮票。艺术品不好买,不知真假,也缺少文化的连接。有些像逛潘家园,但更生活化,有很多居家的用品和装饰品。

不知不觉竟用了两个多小时,可见摊位之多,物品之丰富。的确有的看。

据说跳蚤市场每周换地方，像跳蚤一样，没有固定的地点。有许多个小跳蚤以此为业，跟着跳市走，像中国的赶大集。

7月26日

应人之邀，中午参加了一个中国某省旅游推介会，在一家五星级宾馆举行。说十一点开始，十一点半人还没到齐。有的十二点多才来，像是来赶中午自助餐的。

下午参观了一家居家用品店，有许多用具没有见过，也有许多质高、价贵、但非常赏心悦目的物品。

7月27日

在家画画。

晚上王守涛来家吃饺子。山东临沂人，南大毕业，学德语。现在在法兰克福中国旅游局代表处工作。他带来了自己在当地几年中淘来的中国老邮票，从清朝到现在的，更有内容的是他收集的老照片和明信片，从18世纪到"文革"的都有。饭后看了很长时间，像参观了一次19世纪末到20世纪中叶的生动、别致的个人收藏历史展。

7月28日

有雨，这几天几乎天天下雨，天气就像北京的中秋时节，短袖已经不能穿了。为明天出行巴伐利亚做准备。

7月29日

这是一条浪漫的山地之路，这是一次内容丰富的自然和人文的旅程。

从德国中部到南部，从阿尔卑斯山麓到奥地利巍峨的群山之中，从天鹅堡到盐堡再到纽伦堡，山脉、河流、古堡、寂静的山林牧场和人流如织的都市风情，巴伐利亚的美景深深地镌刻在我的心中。

从法兰克福向南，渐渐进入了丘陵地带，起伏的坡地上森林和草场相间，一个个的小镇坐落其间，红色的屋顶上伸出高高地教堂尖顶，云天变换，一会儿阵雨骤降，一会儿艳阳明丽，我们行进在曲线舒展的大地上。

我们的第一站是新天鹅堡，它奇迹般地矗立在菲森小镇边的山地上，背依阿尔卑斯蓝色的峰峦，它是一个心怀梦想的年轻帝王的心灵之作。

我们到达停车场时，雨奇迹般地停了，山岚萦绕，满目是湿漉漉的绿色。沿山路向上，首先映入眼帘的是绿树丛中金黄色的旧天鹅堡，在距新堡几公里的地方与之隔湖相望。它侧面的天鹅湖夹在两山之间，湖水碧蓝，映出青绿的山峰。天鹅悠闲地游弋，划出一条白色的水线，灰色绒毛的小天鹅的确是父母身边的丑小鸭。

高大的双马拉着四轮的旅游车沿着当年路德维希二世的足迹前行，我们步行上山，以观更多的美景。有些坡度的山路两侧长满了高大的乔木，遮天蔽日。当你有些劳累了，在山路的拐角处稍作停歇，回首间，那座白色的美丽建筑就在你的头顶上赫然而立，虽早有耳闻，但当它出现在你的眼前时，你依旧会为它的秀美怦然心动。

绕过城堡，先到路德维希二世当年夜观城堡的玛丽安桥上欣赏这座美丽的建筑。建于两山之间的玛丽安桥下百米深渊轰响了多少世纪的涧水，冲刷出的巨大石臼，它向来到这里的人们标志出时光的无限久远。桥的正对面几百米处便是举世闻名的新天鹅堡，据说，当年的路德维希二世经常在这座桥上欣赏灯火通明的童话般的建筑，为自己的创意而陶醉。

走近城堡，历经了上百年风雨的它，看上去依旧是崭新的。金碧辉煌的城堡内部到处是文化艺术的经典之作，那些华丽的装饰、雕塑、绘画、烛台，从前厅到书房，从卧室到餐厅，从召见臣民的殿堂到音乐大厅，让我想到的一个词：奢华。让我感动的是一个帝王对艺术与文化的精心追求。从城堡的平台或窗口向四周看到的都是仙境，湖泊映着天光，青山响着鸣瀑，阳光下鹅黄的草场犹如发着荧光的地毯，深绿色的林带将它们分割开来，房舍、村落星罗棋布，让我们在俯视中惊叹这人世间的罕见的美景。

一个热爱自然与文化的帝王在完成了他作品后的一百多天便被废黜,四十一岁死于慕尼黑一片阴冷的湖水中,永别了他心中的梦想。一个以音乐、雕塑、绘画与梦想为追求的帝王,用巴洛克风格的新天鹅堡,重构了中世纪的伟大的艺术传统。

冒着小雨下山,游人已经很少,邮寄了几张明信片。开车到菲森小镇上吃晚饭。一条步行街,商铺已经打烊,陈列商品橱窗的灯光倒映在雨后的石路上,教堂的钟楼在最后的夕光中指向天堂,一座很美的灯火中的小城。晚九点半,街上的红绿灯已不再启动,只有黄灯在小雨中不停地闪烁。

住在天鹅堡下的一家酒店,是中国人开的,名曰聚宝楼,但完全是德国风格,早餐也是面包、红茶和咖啡。晨起在绿草如茵的乡间小路上眺望云雾中的两座天鹅堡,窗台上摆满各种鲜花的房舍,牧场中刚刚走出围栏的牛群,人有如置身画中。

生活在天子脚下的人们真的有福了,人间也真有天堂在。

7月30日

上午,沿着阿尔卑斯山著名的浪漫之路出发,一路赏心悦目的山林和草场,点缀其间的红顶木屋,大自然的美,让人目不暇接。林德霍夫宫是路德维希二世另一个杰作,它是一座皇室度假的宫殿,在山坳中的一座豪华的白色建筑。

众多的白色雕像、造型不同的石阶、变换样式的喷泉,布局严整而浪漫,有如一支明朗、欢快的奏鸣曲,它的主题是:平静中的富丽,明媚中的神圣。

雨后的山岚飘浮缭绕在山腰间,喷泉从镀金的雕像中涌出,鲜花恣意地盛开,仿佛在迎候天使们的降临。

离开林德霍夫宫,沿山路不远是上阿莫高,一座山地中的小城,到处是木雕的店铺。教堂和墓地让岁月清晰地呈现在人们面前,教堂的背后高耸入云的山顶上有一个巨大的十字架。还有一座有现代意味的歌剧院,从海报上看,与宗教相关的演出每十年才演出一次,全镇有几千人参加,为了纪念上帝的恩典,为了履行前人的诺言。我们有福了,正好赶上这个特别的纪念日。

旁边的旧谷仓在展出两位画家以圣像为主题的画展,抽象、波普和再认识的绘画语言,虽不新颖,但和这座小镇浓郁的宗教氛围拉开了时代的空间。

午饭透过窗户可以看到一个三岔路口上的街景,正午的阳光下,来到历史文化小城的人们悠闲而恬静,有些像电影中某个瞬间的感受。

一个浮雕的木质的老屋子,大灰狼和小红帽的冰箱贴,让我想到格林童话,也许它只会在这样的土地上诞生。也许当年研究语言学,出生在黑森州哈瑙的格林兄弟为搜集民间故事也曾到过这里。我相信只有这样的地方,才会产生那样有意味的童话故事。在一家木雕店,买了一个手工雕刻的持星星的小天使,她长得有些像这里所有翘鼻子的小姑娘。

买一张十天的奥地利高速公路票，自由地进入了另一个国家的土地。在山谷中穿行，依旧是美丽动人的风光，依旧是生动的充满生机的山间的小村子。沿途教堂的顶子由尖顶变成了葱头顶，又由葱头顶变为了尖顶或方顶。雨中路过一个小镇阿普特瑙，小小的教堂广场上一支鼓乐队和身着节日盛装的人们正在整队待发。我们匆匆停车看看难得一遇的西洋景。鼓乐齐鸣，手捧牛角和鲜花的少女与乐队指挥在前引路，他们在小雨中走进一条上坡的街巷。不知道是一种什么仪式，没有孩子，都是成年人，似乎全镇的人们都来了。雨中的新教堂的造型更像一个火箭推进器。

　　傍晚到达深山中依山傍水而建的千年古镇哈尔斯塔特，据说这里曾是奥地利国王的休假地。我们入住绿树酒店，一座老建筑，坐落在小镇袖珍广场和湖水边上，紧邻两座不同风格的教堂，应该是这镇上绝对的黄金之地了。湖就在我们脚下，而山也就在我们的近旁。一个格局紧促，因高山盐矿和美丽的山间湖泊而诞生，如今名扬四海，隐身在高山之中的，神秘而古老的旅游胜地。

7月31日

　　游哈尔斯塔特，同样是石头路面，同样是木筋老屋，同样是鲜花装饰的门窗，同样是铁艺的方形路灯，同样是窄小弯曲的上坡又下坡的街巷，但这里还有一片宁静开阔的湖水，白天鹅在深绿的山影水色中更加洁白和端庄。男士橄榄绿色呢帽上插着羽毛，真皮的背带短裤，有素色花围裙的女士连衣裙，民族服饰让小镇更具魅力。一条来自湖对岸的单桨木船，是来镇上购物的，船头尖尖地翘起在水面上，他的大花狗也随船同行。小镇几乎再没有插针之处，自驾车必须在预订酒店时就定好车位，否则就有了大麻烦。游人都在那条沿湖的小街上举着照相机拍下触手可得的古镇风情。

有人说在欧洲旅行最大的敌人是时间，这一点我确有同感。多想在一片阳光下的湖边坐上几个小时，几天，几个月，看湖光山色的慢慢演化，让生命毫无保留地融入自然与时光的消磨中，一杯清醇的白葡萄酒，一支让人进入幻境的小提琴曲，一驾灵魂的马车，不用载很多的愁，只有亲情和爱。但世事不宁，白云苍狗，历代的精灵们飞翔，那骤响的教堂的钟声既是召唤，也是警醒。

告别了哈尔斯塔特，一路是壮丽而秀美的阿尔卑斯山区美景。下午的阳光照在群峰之上，仿佛一首恢宏的交响曲，地处德奥边境的萨尔茨堡，一下让我们进入了音乐之城，广场上莫扎特的青铜雕像头顶上两只灰色的鸽子，在逆光中仿佛为这个罕见的音乐天才戴上了一顶王冠。雕像前，几个穿民族服饰的青年把手中的乐器奏响，有很多的围观者站在直射的阳光中。这是萨尔斯堡随处可见的风景，青年乐手、歌者在这个音乐之神赐予人们灵感的地方，期待圣灵之光的显现。八月是一年一度的莫扎特音乐节，室外的演出搭起了场地和看台，还有收看转播的大屏幕。

粮食胡同9号那栋黄色的楼房是莫扎特的故居，不远处还有卡拉扬生活过的地方。

我们在莫扎特故居的小广场对面一家古旧的小店吃饭，窗外就可看到他家的大门，如果时光倒流上百年，也许我会看到那个被父亲领着四处献艺的天才少年瘦小而恐慌的身影。

不远处的山上是白色的萨尔茨堡要塞，它高高地站立于古城的最高处。萨尔茨堡又称盐堡，因为当地盛产矿盐而得名。历代的主教大人用金钱、权力和几个世纪的时间堆垒而成的巨大建筑：古朴、凝重、森严壁垒。它防御过那么多的入侵者，反抗者，庇护了那么多的逃难者和历代权力的掌有者，关押过许许多多的要犯，大盗、义军领袖、落难者或罪不能赦的人。它的高大和厚重，抵御了所有的来犯者，它是一座从没有被攻克过的要塞。只有拿破仑时代的掌管者，打开大门迎进了那位矮个子的时代巨人。

登上要塞最高的瞭望塔，萨尔茨堡城尽收眼底，萨尔杂赫河穿过城市，依稀看见的古城墙和众多的宫殿、修道院、教堂、花园在阳光下闪烁着各自的光辉。西面那座高高的山峰让我想起著名的电影《音乐之声》，这里就是它的外景地，是的，美丽的高山，不息的河流，太阳下的树木和草场给人以无限的生命力。"在这样的大自然里，上帝就在每个人的身边"。这是生活在这里的那位美丽的茜茜公主的名言。

又行进在阿尔卑斯山脉的腹地中了，有一条蓝色的多瑙河就在我们的心中。那些残留了中世纪余香的小镇，那些为艺术，为美曾滞留于此地的音乐、绘画的艺术大师们，为我们后来的寻访者找到了说服自己弯向任何一条道路的最好的理由。

逐渐离开了一定会让人日后魂牵梦萦的阿尔卑斯山麓，再次穿越山地丘陵，一会儿一片白帆点点的大湖展现在你的面前，一会儿开阔的天空上涌动着气象万千的云层。七点到达纽伦堡，我们直入老城。从停车库一出来，我们便掉入了整座沸腾老城十几万众狂欢的人群中。挤过人丛，好不容易找到今晚下榻的美丽泉酒店，它位于圣母院广场的一角，门口就是那座金色的美丽泉。

再次穿过人声鼎沸的广场，演出大棚的音响传出的歌声和现代音乐覆盖了整座广场。像是一个大大的夜晚的庙会，广场上是随着乐声扭动的上万的人群，四周是买食品和酒的大篷车。走过老桥和一条到处是演唱者和饮酒者的大街，在一家地下大酒窖般的店里吃饭，要了一扎黑啤酒，这样的夜晚容易让人想一醉方休。

这里的音乐与萨尔茨堡相比，多了现代和粗犷的成分，少了古典的纯粹性，更多的是个性的表达。饭后一直在街上看景，人们围在每一个演唱、演奏者的前面，有的甚至席地而卧，手中的啤酒瓶也打着节拍。一直到十二点，广场上的人群才渐渐散去。

8月1日

　　清晨坐落在纽伦堡城北部的皇帝堡最先迎来了阳光，它俯视着老城的各个角落。高高的圆形塔楼和不规则的老城墙四周的几座塔楼形状相同。棕褐色的石头砌成的老城墙有六米多厚。西面城门的佩格尼茨河上有一座古老的廊桥，侧面是一座临河而建的以往年代的酒的交易场，木筋结构的老楼上伸出两个青铜的檐饰，在阴云密布的上午，站在旁边的石桥上，仿佛置身于几个世纪前伟大画家丢勒的图画中。

　　丢勒故居就在皇帝堡的毗邻，沿着倾斜的石路就可以登上古堡的后花园。买了几张丢勒画作的明信片，再次登上古堡观看我们走过的旧城墙、集市广场、市政厅、圣母院、国家博物馆，纽伦堡迥然于昨晚的狂欢节，我们看到了一个古老城市庄严肃穆的另一面。

　　二战后，这里是审判二战高级战犯的所在地。我相信，古城及城堡上巨石，都听到了那些惨绝人寰的陈述，记下了那些不可理喻的罪行。

　　我还想说的是，历史的创伤在德国的城市，在几十年里得到了那么好的平复，经历了那个时代的人们已经所剩无几，我们真心地希望历史不要重演。而遗忘会使我们丢失了心中本应具有的良知。

　　巴伐利亚是美好的，它的山川、河流和人类古老的文明，总会唤起我们由衷的赞美和无限的向往。

8月2日

在家休息。

8月3日

上午回信，打电话。傍晚到住所南边散步。新建的小区，旁边有一个小湖，天鹅和水鸟栖息在湖中。草地，树木在夕阳中很美。有许多锻炼、遛狗和散步的人。有很多的野兔在草地上觅食，夕阳斜洒在碧色的草地上，小兔的眼睛闪出荧光。很多的树木，很宽的草地，一个孩子不断抛出一个垒球，一大一小，两只狗反复争抢着衔回送到主人的手中，它们有时冲进湖中，有时奔进草地，尽情地玩耍着。

旁边的小区有一些新搬来的住户，周边有些建设还在进行中。

8月4日

写去巴伐利亚的旅行日记。

8月5日

到市区参观大教堂和周边的画廊。教堂中有许多的壁画和雕塑，有一套完整的耶稣传记。教堂中有一张1945年盟军轰炸后的照片，教堂只剩下最高的尖顶，主体屋顶也炸塌了，四周都是废墟，还保留有一片教堂前的房屋遗址。现在周边的老建筑基本恢复，保持了原来的格局，应该说这是一件很不容易的事。据说，德国的档案保存极好，很多老建筑都是根据历史档案记录一点一点恢复起来的。

下午参观现代美术馆，一些很简单的作品陈列。周边的画廊反而有些好的作品，甚至有毕加索、夏加尔、米罗的一些原作，摆在很显赫的位置。

傍晚路过书店，有很好的画册打折，只要十欧元，买了两本感觉很好的画册。

第五首诗：

美因河上的星星

在美因河的南岸眺望法兰克福
一座早于埃菲尔铁塔的老铁桥下
一艘驳船正驶向河流的下游
河水带着它庞大的船体无声地滑过

那座老教堂的钟楼暗淡
它曾毁于二战的炮火

它的左边一座座银行的大楼耸立
它们彻夜灯火通明
一条无形的纽带连接着世界
金融的潮水向全球的每一座城市涌动

那个手持铁锤的劳动者在不停地敲打
那座铅笔楼因画出了多雨的天空磨秃了笔头

法兰克福每日起落的近千架飞机中
不知有多少人在睡梦里看见了
美因河上属于欧元的黄色星星

8月6日

回信，整理文稿。

8月7日

　　早起乘七点二十的飞机，一小时后到巴黎。打车到预订的宾馆。整理行李后乘地铁到凯旋门。早晨天气很凉，到中午开始艳阳高照，热了起来。香榭丽舍大街的西部，为拿破仑战胜比利时修建的凯旋门，高大、端庄，有很精美的雕塑，它让人们想起那个时代法兰西帝国大军的所向披靡，有如中世纪的罗马帝国。

沿香榭丽舍大街向东，路很宽，但有些陈旧，也有些脏乱，有许多名牌店铺。协会广场，一个塞纳河边的巨大的广场。四周都是老建筑，广场中间可以看到一条笔直的大道，两公里外的凯旋门，道路在中部开始上升，很多的汽车从凯旋门河水般涌泻而来。埃及送给戴高乐将军的方尖碑，是有三千多年历史的珍品，矗立在协会广场的中心，像一把利剑指向高高的天空，有一种凌厉的美。它金色的尖顶明亮地置身于高空，仿佛有一种神秘的力量贮藏于它的碑体中，它上面刻有的埃及古老的文字与周围的欧洲古典建筑形成了极大的反差，这座曾用作行刑场的老广场，突兀地竖起的方尖碑，也让人有一种异样的感觉。这里曾执行过路易十六和一千三百多名的、法国大革命抗争者的死刑，这让我想起雨果的长篇小说《九三年》，那是一个混乱而动荡的年代。

从广场向前，是著名的卢浮宫，整体呈 U 字形，广场入口有一座古老的小凯旋门。它不失端庄，只是精巧了许多，顶上多了一对金天使护卫的太阳神马车。从凯旋门开始的大街、广场、建筑上到处是做工精湛的雕塑作品，人物、历史、神话都在其中，不知有没有人统计过巴黎大大小小的雕塑到底有多少？这一定是一件浩繁无比，又让人望而却步的工作。

今天的巴黎，一会儿雨，一会儿云，有时又是太阳高照。一阵雨后，我们来到位于塞纳河西堤岛上的巴黎圣母院。这是一座哥特式建筑的开山之作，的确很了不起。威严的正门和华丽的钟楼及扶壁，在雨后天空的衬托中，有一种风云变幻的美。

晚六点，唱诗者来自天堂般的歌声让我的心灵突然有了一种飞升的感觉，巴黎圣母院高大穹顶让虔诚者更加虔诚，这里曾为拿破仑举行过加冕典礼。

巴黎，不再是十七八世纪的鼎盛时代，破败和杂乱的人群，让我失望。但巴黎依旧是国际大都市，它有开阔宏大的格局与曾经的灿烂与辉煌。诗人波特莱尔在《恶之花》和《巴黎的忧郁》中所有的文字让我有了新的认知。

8月8日

坐火车到巴黎近郊的凡尔赛宫，用了近三个小时排队买票进入凡尔赛宫，壁画、穹顶画、雕塑。一切都是皇家气派。不身临其境，无体会法国路易王朝宫廷的华贵。凡尔赛宫加强了我对巴黎之大的认识，宏伟的皇家建筑，开阔的道路和塞纳河上的桥梁，陈旧的百年老地铁。那个陈旧、忧郁的巴黎，正是我现在身处的，稍有体会的这个大都市。

人文古迹和现当代的文化历史景点很多，但缺乏认真地管理，也许是太多，已经无暇顾及，这些已经成了一个城市的根深蒂固的痼疾，不可改变的自身生态的一部分。

摊贩在塞纳河边卖的画不堪入目，让我想道：巴黎珍藏的艺术有多么高雅，在另一极上，它的旅游商品就有多么恶俗。

埃菲尔铁塔，在下午六点钟的阳光中高大、气派地站立着。一个多世纪了，在它的脚下的人们依旧是微不足道的。有如地铁里芜杂的人群，黑人很多，其他各色人等充斥在车厢里，不时地闻到尿臊或是其他异样的味道。这就是巴黎一个庞大、混乱、名声显赫的国际大都市，有如诗人笔下的：那些数以万计的普通劳动者，他们许多人，还从来没有生活过。

8月9日

早起赶到卢浮宫，九点多排队买票，比较顺利，只是排了一会儿。避开人群直上三楼看古典绘画，作品很多，太多的艺术珍品。从古典到文艺复兴，参观到下午两点半，重要作品前，聚集了太多的人，像是一个大集市。意大利的雕塑，古埃及的以及两河文化的经典之作，让我们进入人类早期的伟大的文明之中，它甚至让你怀疑，现代人已经丢失了许多珍贵的传统技艺。但有一点可以肯定，早期的几大文明古国，显然在后来的发展中停滞或衰败了，有些种族在后来的时间里，失去了最早的心灵中那些最优美的东西，为了苟且生存，许多人群早已变得毫无人的尊严，更不要说对艺术的寻求和诗意的栖居了。

巴黎有三个阶段的美术馆，古典卢浮宫，现代蓬皮杜，过渡阶段是奥赛。因为时间关系，第一次只好只作一个匆匆的旅游者了。

在圣心堂登高看巴黎，一片灰白色的建筑，卢浮宫、巴黎圣母院、埃菲尔铁塔历历在目。据说当年铁塔落成遭到了许多非议，它的确和古老的巴黎不能成为一体，突兀地站在这座城市的头顶之上，现代而令人瞩目。

圣心堂前，人群混杂，卖艺的、兜售小商品的很多，从地铁上来，一路上也是很多的商铺，当年的那些艺术大师们的生活已成为历史，几乎找不到他们的踪迹。

我们几个开玩笑说：来了巴黎人变得爱国了，北京固然有很多不足，但脸上贴金的事还是做了不少。圣心堂这样大的景点，找不到厕所，因而四周的草地上不时飘着尿臊味。

圣心堂向下，左转，穿一条小街，再左转几百米，在一家交叉街口的店中吃饭，有著名的蜗牛、鹅肝和巴黎流行的红葡萄酒。它的餐巾纸很厚，印了标识和紫红的双边线。取一张带回，试试可否画国画用。

巴黎，我如同一个朝圣者一样的来过了，我敬重的那些历史与文明当然依旧会永存于我的心中。

8月10日

从巴黎东三环到戴高乐机场需要半个多小时，打车要四十多欧元，相当于近四百人民币，其中有加收的行李费，是北京打车的四五倍。在欧洲旅行，除了飞机，其他的交通费都要比国内贵。

戴高乐机场是20世纪六七十年代的后现代建筑，外墙裸露着水泥，一个很大的圆环，有上下四层，现在看来有些小了，人流有时堵塞。

从飞机的窗口看德、法大地。森林面积很大，村镇密集，塞纳河、莱茵河蜿蜒地流过绿色的大地。四十五分钟后到达法兰克福机场。

8月11日

休息，洗衣服，上街买生活用品。

8月12日

在家画画。

8月13日

画完了一张丙烯风景画，是我到德国后的风光印象。

8月14、15日

柏林之旅是沿着心的印迹进入历史，天阴有雨，有如我的心境。一条柏林墙只是原来的很小的一段，画满了一些现代画家的涂鸦之作,已不再是以前的那个阻隔了东西柏林,上面有铁丝网,还有一百米隔离带的围墙。有很多的来自世界各地的参观者,因为它是一处撼动人心的遗迹,它曾在近五十年中隔绝了两个世界中的人们。

勃兰登堡门前的马路上有一道上百米长、砌在沥青路面上的石头,它标志着以前柏林墙的位置,马路的一侧的绿地护栏上有十几个白色的十字架,上面有因翻越柏林墙而遇难者的名字,十字架下面摆放着祭奠的鲜花,那些不幸的人,不知道今天那道让他们送命的墙已经不复存在了,时间一晃又已二十年。

绿色圆顶的柏林大教堂和刚刚恢复展览的美术馆的墙面和石柱上布满了当年的枪弹和爆炸痕迹,斑斑驳驳,那是六十多年前的痕迹,那时的青年,就是我父亲他们那一代人,大多已不在人世,他们经历了多难的青春和最残酷的战争年代。想着父辈们的遭遇,内心的痛让灵魂纠结,仰望天空的阴云,仿佛还能嗅到战火的硝烟,听到当年的枪声。

无头教堂(威廉皇帝纪念大教堂)的前后修建了新的现代教堂,那座被炸毁的残破的建筑作为一种历史的警示,站立在那儿,没有了指向天空的塔顶。

1936年奥林匹克运动会的体育场依旧完好,两只方形的高大的门柱,在一战死亡者鲜血浸染过的泥土上矗立着,当年希特勒用奥运大搞民族政治宣传,让我想到许多,历史虽已过去多年,但依然让人不寒而栗,有些社会政治是多么的相似,而人们群盲一样地跟从着，被带进灾难，如溺水者一样已无能为力。世上的人们何时能够做到真正的警醒。

柏林因经济不景气有些萧条，与巴黎相比，街上人较少，相对要整齐干净了许多，物价相对便宜，旅游点游人也不是很多。

在柏林两天，还看了玻璃圆顶的议会大厦、号称洗衣机的总理办公处、新的欧洲最大的现代火车站，还有宪兵广场上的大剧院，它广场的两边分别是法兰西大教堂和德意志大教堂。我们傍晚来到宪兵广场，一场音乐会即将开始，许多身着盛装的人正在高高的台阶上排队入场，一位东欧的小提琴手在广场雕像前演奏，琴拉得很好，曲子也很动人，有一些古典，有一些忧伤。有很多的人在听，我们也坐在广场的木条椅上，静享这优雅的、来自异乡的心灵之声。

柏林附近的波茨坦是一座著名的卫星城，有很多的湖泊和森林，还有许多的别墅和美丽的私人住宅。最著名的应该是英式建筑的西席里宫，它是当年罗斯福、丘吉尔等作为战胜国瓜分世界的会址所在地。一座很朴素典雅的建筑，四周都是森林，现在除供人参观的部分建筑外，其他的是一家度假酒店。

波茨坦的无忧宫是一座巨大的皇家园林建筑，占地三百公顷，十几座建筑分布在森林中，其中最中心的是无忧宫和十几年后建的新宫。雕塑、花园、喷泉、草地、高大的树木，它的浩大让人惊奇。分散在森林中许多的各国建筑，还有一座中国建筑，有些像蒙古包，据说是当时的皇帝按照想象建成的，有许多的金人和金的饰物，在他的想象中，东方的中国是个获取金银珠宝的好地方。

无忧宫有一个故事更有意味。据说，无忧宫建好后，国王打仗胜利归来，带着大臣到这座新建的夏宫度假。他登高四顾，为美丽的环境和赏心悦目的建筑而高兴，但在夏宫大门的树丛中有一座陈旧的风车磨坊，影响了他的视线，他让大臣去拆掉那座磨坊，大臣考虑风车磨坊是私人财产，没敢行动。国王说，我们用高价买了再拆不就行了吗？磨坊的主人说是祖上留下的财产，不能因为钱而不尊遗嘱。国王一听很生气，就命令士兵强行拆除了那座磨坊。磨坊的主人把国王的士兵告上了法庭，法庭根据法律，判定国王恢复磨坊的建筑，并赔偿磨坊主一百五十马克损失费，国王只好按照判决执行。这座荷兰式的老磨坊一直伴随着无忧宫有二百多年了，它成了德国法律的一种象征。还有后续的故事依旧精彩，磨坊主人的儿子因多种原因，无法再坚守祖产，于是写信给国王的继任者，说，当年的国王曾希望买下他们家的老磨坊，当年没有谈妥，现在他无法维持了，还希望新国王能买下来。新国王很客气地回了一封信，说，这个磨坊已经不同于以往，已经是德国法律公正的一种象征，我们不能将它毁坏掉。国王赠送了三千马克，请他一如既往地维护好这座老磨坊。国王在信的末尾是这样签名的："你的邻居威廉。"二百多年来，这座老磨坊几经修缮，一直如原样地保存着。

在东柏林，能见到一些高层的住宅，有时你会觉得是在北京的三四环的某个地方。

还有一座女梨形人雕塑，让人记忆深刻，欧洲时而会遇到一个过于肥胖者。而那座高大的现代写实铜雕还是震撼了我。

8月16日

途经的魏玛，给人意外的惊喜，这是一座历史文化名城。

我想引用一些资料，去掉一些烦琐的描述："就像雅典曾是欧洲文化的心脏一样，魏玛也有过作为德国文化中心的辉煌时代。歌德和席勒曾在这里创作出不朽的文学作品，巴赫、李斯特等世界闻名的艺术家也曾在这里生活，著名德国哲学家尼采死于魏玛，也是魏玛文化史上的大事。魏玛代表着古典文化的传统，被人们赞誉为德国的雅典。魏玛人口六万，是座风景优美、古色古香的城市。它依偎在埃特斯山的怀抱中，清澈的伊尔姆河水从身边静静地流过，掩映在树木花丛中的中世纪建筑物，以及富有田园诗风味的公园，还有矗立在公园和街头的雕像，都给魏玛增添了无穷的魅力。丹麦童话作家安徒生曾说过：魏玛不是一座有公园的城市，而是一座有城市的公园。"

巨大的树木，蜿蜒的河水，如茵的绿草，古典的建筑，马车穿过街巷，隐约传来的乐曲声，魏玛给我的第一感觉是那样亲切、优美而怡人。歌德夏屋、李斯特故居、巴赫雕像、包豪斯学院等一下让人沉入了人类最优秀的文化之中。

几个小时的尽情享有，但时间还是太短了，留下了诸多遗憾。魏玛在我的心中是美好而神圣的。

8月17日

回信，修改画的一些细节。

8月18日

在老城区再次浏览，罗马人之丘广场，法兰克福的老城已有近一千二百多年的历史了。

8月19日

上午到老城区，阴了十几天的天开始放晴了。傍晚开车到几十公里外的"白葡萄酒和玫瑰"小镇，玫瑰已经过了盛开的季节，但依旧有许多在街边绽放着。莱茵河边的小镇都是美的，古堡沿河而建，并不雄伟，但可以防御水上来犯的敌人。教堂在夕照中镀上了金色。有许多的老房子，街巷弯曲，富有变化。

一家老店，可以看到树木后面的教堂尖顶。院子里的餐桌几乎座无虚席，白葡萄酒，可以先品尝。店员拿来四种，编上号，我们逐一尝试。我选中了"夏日的风"，他们都选了一种更纯正、平和的酒。夏日的风，简直就是诗的名字，入口有些刺激，后味稍显不足，但给人很多的想象。当天黑下来的时候，半个白色的月亮挂在教堂的圆顶旁，天空幽蓝，老墙上的壁灯发出金黄的光，那么静谧的时光，在白葡萄酒的芬芳中，幽蓝的夜空，缓缓上升的月亮，我以为，这里就是人间的仙境了。

是深秋般的天气，微风有些凉，星星开始闪烁，天变为深蓝色。我们走出小镇的街区，在一片月色的寂静中驶向高速公路，返回法兰克福。

第六首诗：

玫 瑰 小 镇

  如一只鸽子
  有触手可及的温热和微微的心跳
  它安卧在莱茵河的臂弯里
  钟声悠扬
  穿越了古堡的塔楼和教堂的尖顶
  玫瑰花和白葡萄酒芬芳
  飘来了中世纪的余香

  黄昏来临
  教堂穹顶边

挂着镀金的月亮

坐在玫瑰枝条编就的拱形花架下
一杯"夏季的风"
让我品出了
甘醇而质朴的乡情

那不属于李白的月色
把高脚杯的影子映在木条的桌椅上
风从心中来
橘红色的灯光和颤动的烛火
令月夜更安宁

一条大河浩瀚地从身边流过
这莱茵河边的小镇
寂静地　如一只安卧于人们心中的
银灰色的鸽子

8月20日

　　在家用买来的两个小的画布画画，画布是方形的，边长仅有六厘米大小。用丙烯和最小的笔，画了罗马人广场和法兰克福大教堂和早于巴黎埃菲尔铁塔二十年的大铁桥。

8月21日

　　游中世纪古城罗腾堡，有如置身于童话的世界。罗腾堡不是诗意的，而是神奇的。它坐落在陶伯河谷边的高地上，是一座非常完整的中世纪的古城。二战也曾遭到过轰炸，但因英国一位军官的阻止，没有被毁灭。战后恢复了部分遭到破坏的建筑，现在依旧保持着原有的风貌。古老的带巡视回廊的城墙由石头筑成，七个城门各有不同。它不同于莱茵河和阿尔卑斯山麓的其他古堡，建在易守难攻的山上，是领主和主教的领地。罗腾堡不规则的城池，是一个居民生活又带防御功能的小城，它让我想起中国的古城风貌，但中国近代的城市大多是规整的，有如我们的思维方式。

　　罗腾堡像一个人的侧面像，伸出的鼻子是这座小城的花园，古树连成一片，建在悬崖上的城墙那样古朴，在老城上可以眺望远山和脚下的河流。

　　罗腾堡城中的建筑有很浪漫的童话气息，丰富而又富于变化，广场、教堂、花园、木筋尖顶的住房、红色的各式各样的屋顶、八角的屋角吊楼，一切都充满了童话般的意味。它是德国古堡浪漫之旅的独具特色的中世纪小城。让人过目难忘，让人流连忘返，让人进入一个早已消失了的过往的世界。

　　它为我们这次的德国之行画上了一个完美的句号。我会想念它的。

8月22日

在家休整。

8月23日

到老萨克森豪森，步行，有雨。走了半个法兰克福。老萨克森豪森是法兰克福的一个老区，以前是鱼贩和手工业者的生活区，在美因河的南岸。现在有许多的酒吧和餐馆，古风犹存。雨中漫步，分外有趣。

8月24日

在家看书。

8月25日

到老市区买了些东西，晚上老杨请吃饭，也是送行。

8月26日

在家收拾行李，准备明日返程。

后　记

我没有记日记的习惯，也许是源于我青年时代的一种恐惧，日记这种纯个人心与事的记录，因其引火烧身，遭遇灭顶之灾的人难以计数。另一方面，我还有一种潜在的担心，文化与经验的气场是需要珍视的，只有不断地积淀，才会有灵感的突现，也许日记会是一种耗散。因而，每到一个地方我仅是放松身心，吸收它的气息，贮藏于身心之中，这已经成为我多年的习惯。

但这两个月，写了两万多字的日记，也可以说是旅行散记，其中有一些感受，回过头来看，还是用了太多的溢美之词，太多的历史与文化的表层感受。作为一个写诗的人，我对它们并不满意，只是要求自己不要半途而废。在渐近尾声的时候，我有了一些异样的感觉。

一个人脱离了自己的惯性轨迹，在另一个陌生的环境中生活，脱离了以前的朋友，摆脱了那些缠身的琐事，突然产生了某种心灵的真空。因为退休后一直很忙，一直没有感到自己是个退休的人。两个月的国外生活,作为一个最普通的游客,在异乡的大地上游历,或许这对于我是全新的。

站在异国他乡,站在那些优美的风光和建筑面前,我有些隔膜,因为语言的不通,因为对历史文化缺乏更深的了解,因为缺少了我所向往的和自己的身心痛痒相关的感知与领悟,一来鲜花我希望嗅到它的苦涩与芳香,一片美丽的风光,我想知道它的以往和更多的人和事,痛苦与欢乐,一棵树木,我不想仅看到它的风姿,还想知道它的一切,看到它自然的本色和嗅到它脚下泥土的气息。但在这儿,我几乎不能,甚至连它们的名字也不知道,因而我仅仅漂浮在表层之中,有时,我为绮丽的风光和古远的文明而撼动,但依旧缺少一种融入其中的自然而原始的冲动。

我突然进一步理解了什么是故土,不是身体和生活的,而是精神与文化的故土。

西欧是一块风调雨顺的土地,冬天不是太冷,夏天不是很热。温暖的冬天和凉爽的夏天,四季长青,真是得天独厚。它有悠久的历史和古老的文化,近几百年的社会动荡和文化的变革,产生了许许多多伟大的哲学家和艺术家,以及各个学科的大师们,他们构成了一个不断发展和不断创造的欧洲文化史。近百年的历史更是极大地影响着全球的文明进程。

日月更迭,岁月如梭。多少前人,当我们感叹他们的伟大贡献之时,已经作古。许多历史上显赫的帝王连同他的王朝,也早已灰飞湮灭。人生百年,一切都在一个过程中,在这一个过程中，每时每刻努力实现自己的诉求，我想是最好的选择。人生几十年，有很多的事等待着每一个人，有很多的诱惑，很多的无奈，很多的人生责任，很多的不尽如人意，但我们不是上帝，我们不是全能的，只有很少的空间，我们只能遵从命运的安排，努力做好自己可以把握的事，认真地对待人生，不虚妄，不消极，脚踏实地生活在这个世界上。我们也可以做一个物质与精神都十分充实的人。

从七月初到八月底，时间过得很快，我的法兰克福日记也该告一段落了。两个月的德国生活应该说给了我很多的新体验，它们让生命有了更多的向往与爱。

2010 年 7—8 月于法兰克福

2010 年 9—10 月修改于北京